D1629021

Le monde des

Tontons flingueurs

et l'univers d'Audiard

MARC LEMONIER

City

Marc Lemonier est l'auteur de nombreux ouvrages consacrés à la culture populaire, dont :

Sur la piste de Fantômas, Hors collection, 2005.

Jean Gabin dans le siècle, City, 2006.

L'Intégrale Louis de Funès, Hors collection, 2010.

Dictionnaire Sherlock Holmes, City, 2011.

Dictionnaire James Bond, City, 2012.

© **City Editions 2012, 2015**

ISBN : 978-2-8246-0634-7
Code Hachette : 10 4924 2
Couverture : Collection Christophel
Photos : *Les Tontons Flingueurs* (1963), Georges Lautner,
Gaumont - Collection Christophel - D.R.

Rayon : Cinéma / Beau livre
Collection dirigée par Christian English & Frédéric Thibaud
Catalogue et manuscrits : www.city-editions.com

Dépôt légal : juillet 2015
Imprimé en France

Un demi-siècle
dans la cuisine

*« Ça ne vous ennuie pas
que je vous appelle tonton ? »*

Le film *Les Tontons flingueurs* est l'histoire d'une parenthèse de quelques semaines dans la vie de Fernand Naudin, honnête commerçant, concessionnaire en matériel de travaux publics à Montauban. L'aventure durera pour lui le temps de renouer avec quelques amis et d'anciens comportements qu'il croyait avoir oubliés. Il donne des coups de poing, tire au revolver, échappe à des attentats, il tue même… pour assurer l'avenir de sa « nièce », Patricia, dont un vieux camarade lui a confié la protection. Entre un voyage de nuit à travers la France et une belle cérémonie de mariage, Fernand Naudin aura renoué avec sa jeunesse, sa vie d'avant, qu'il aura pris le temps d'évoquer avec quelques gaillards de son époque, autour d'un verre d'alcool « bizarre ».

Et depuis 50 ans – 50 ans ! –, le public hilare est au rendez-vous. *Les Tontons flingueurs* figure encore et toujours parmi les films préférés des Français, de ceux que l'on aime voir et revoir, et dont chaque diffusion à la télévision est un succès.

Les Tontons flingueurs, ce sont d'abord des mots, des phrases, des répliques qu'on se répète entre amis. J'appartiens à une petite famille où, lorsqu'on boit un verre d'alcool un peu raide, on ne peut s'empêcher de claquer de la langue en affirmant : « C'est du brutal ». Où, lorsque mon grand fils nous annonce une nouvelle conquête, nous saluons la nouvelle en nous étonnant : « Ah ! parce monsieur séduit ». Ou bien encore, lorsque les droits d'auteur commencent à rentrer, je clame « Y en a qui gaspillent et y en a d'autres qui collectent »…

Chaque moment de la vie quotidienne, de la naissance à la mort, pourrait être ponctué ou commenté par une réplique puisée dans *Les Tontons*.

Ce film fait partie de l'histoire du cinéma populaire français, sans doute aussi parce qu'il a été conçu et interprété par quelques-uns des meilleurs de son temps. Georges Lautner n'était pas alors le cinéaste « facile » qu'on a décrit depuis. Un regard attentif porté sur *Les Tontons* permet de découvrir, au travers du soin apporté au cadrage, à la mise en scène, à la composition des plans, ce qu'il avait de novateur.

Les acteurs, qui appartiennent eux aussi à la grande famille du cinéma français, sont tous dans une forme éblouissante. Bernard Blier et Francis Blanche, dans des genres très voisins, interprètent là l'un de leurs meilleurs rôles comiques. Lino Ventura, abandonnant pour un temps ses personnages de durs et d'espions au service de la France, donne de l'épaisseur à ce truand retiré des affaires qui retrouve rapidement

ses réflexes de jeune homme. Nous découvrons également Jean Lefebvre et Robert Dalban, longtemps cantonnés à des rôles secondaires. Claude Rich, dont c'était alors l'emploi, est parfait en « *jeune blanc-bec de bonne famille* ». Quant aux acteurs italiens ou allemands, imposés par les impératifs de la coproduction, nous avons fini par oublier leur nationalité. Sabine Sinjen, Horst Frank ou Venantino Venantini font désormais partie de notre patrimoine.

Il faut encore voir et revoir *Les Tontons flingueurs*, qui, comme tous les chefs-d'œuvre, peuvent révéler chaque fois de nouvelles petites choses amusantes : un mot, un décor, un jeu de caméra…

Voici un dictionnaire des *Tontons*, qui, nous l'espérons, vous aidera dans cette nouvelle découverte d'un film que nous voyons depuis 50 ans.

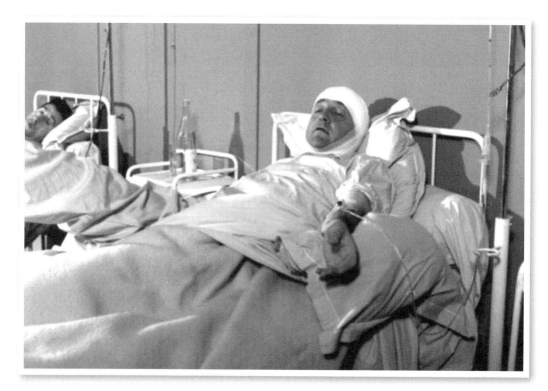

Le générique

des *Tontons*

Cette histoire de grands enfants, chef-d'œuvre du cinéma populaire français, a été imaginée, mise en scène et en musique, filmée et interprétée par quelques grands artistes…

 Un chef-d'œuvre auquel personne ne semblait réellement croire

L a production des *Tontons* ne fut pas un long fleuve tranquille, comme le raconta Georges Lautner dans son autobiographie *Foutu Fourbi*. Le directeur de production Robert Sussfeld lui aurait déclaré : « *Nous pouvons entreprendre ce triste film à la condition que ce soit avec de très sérieuses économies. Sinon, ce serait peut-être plus simple de ne pas le faire, car il vaut mieux perdre 100 millions tout de suite plutôt que d'en perdre beaucoup plus après le tournage avec un scénario pareil.* »

Georges Lautner put cependant tourner ce « triste film », mais en étant responsable des dépassements de budget sur ses revenus…

Le producteur Alain Poiré

*Le respect
du public
et le refus
de l'ennui*

Le producteur des *Tontons*, né le 13 janvier 1917 à Paris, décédé le 14 janvier 2000 à Neuilly-sur-Seine, était entré à la Société nouvelle des établissements Gaumont dès septembre 1938. Il y avait été détaché par l'agence Havas pour tenter de redresser les comptes de cette entreprise qui battait alors un peu de l'aile. Il ne devait plus quitter la société. Il a produit plus de 300 films, dont bon nombre de grands succès populaires et de grands films de l'histoire du cinéma français. À sa mort, le quotidien *Libération* écrivit : « *À la tête de Gaumont international, filiale relativement autonome, Poiré faisait figure de vieux de la vieille face à ce tandem de bleus intellos dont les échecs faisaient ricaner la galerie et remplissaient les salles en produisant* Le Retour du grand blond, La Gifle, Un éléphant ça trompe énormément, Le Guignolo, La Boum, La Chèvre, *etc. Jusqu'au* Dîner de cons, *plus grand succès français de l'année 1998, et au* Placard, *le prochain film de Francis Weber sur lequel il travaillait encore le mois dernier...* »

Alain Poiré, qui avait pour devise « *le respect du public et le refus de l'ennui* », était le père de Jean-Marie Poiré, avec lequel Michel Audiard écrivit la plupart des films qu'il réalisa durant les années 1970.

Les Tontons flingueurs

- Réalisé par Georges Lautner
- Réalisateurs adjoints : Claude Vital et Albert Kantof
- Scénario : Georges Lautner et Albert Simonin, d'après son roman *Grisbi or not grisbi* (paru à la Série Noire)
- Dialogues : Michel Audiard
- Musique : Michel Magne
- Décors : Jean Mandaroux et Jacques D'Ovidio
- Photographie : Maurice Fellous
- Opérateurs : Georges Pastier et Yves Rodallec
- Ingénieurs du son : Antoine Archimbaud et Daniel Brisseau
- Montage : Michelle David
- Ensemblier : Robert Turlure
- Affiche : Jean-Étienne Siry
- Photographe de plateau : Jean-Louis Castelli
- Produit par la Société nouvelle des établissements Gaumont, Corona Filmproduktion, Ultra Film et Sicilia Cinematografica
- Producteur délégué : Alain Poiré
- Directeurs de la production : Robert Sussfeld et Irénée Leriche
- Assistés de Gina Pignier et Michelle David
- Régie générale : Mireille de Tissot
- Script-girl : Françoise Hellman
- Tournage en noir et blanc aux studios Éclair d'Épinay-sur-Seine,

au bowling de la Matène, à Fontenay-sous-Bois, dans le quartier Saint-Blaise à Paris, à Saint-Nom-la-Bretèche et dans une villa de Rueil-Malmaison

- Sortie en France le 17 novembre 1963
- Box-office : 3 321 121 entrées

Avec :

- Lino Ventura (Fernand Naudin)
- Francis Blanche (maître Folace)
- Bernard Blier (Raoul Volfoni)
- Jean Lefebvre (Paul Volfoni)
- Sabine Sinjen (Patricia)
- Horst Frank (Théo)
- Claude Rich (Antoine Delafoy)
- Robert Dalban (Jean)
- Venantino Venantini (Pascal)
- Jacques Dumesnil (le Mexicain)
- Dominique Davray (madame Mado)
- Charles Régnier (Tomate)
- Mac Ronay (Bastien)
- Henri Cogan (Freddy)
- Pierre Bertin (Adolphe Delafoy)
- Georges Nogaroff (Vincent)
- Paul Mercey (Henri)
- Anne Marescot (la fille saoule)
- Charles Lavialle (le chauffeur de taxi)
- Marcel Bernier (Léon le marin)
- Yves Arcanel (le contremaître)
- Philippe Castelli (le tailleur)
- Jean Luisi (un tueur)
- Jean-Louis Castelli (le photographe)
- Jean-Pierre Moutier, Béatrice Delfe, Jean-Michel Derot, Françoise et Dominique Borio (des invités de Patricia)
- Paul Meurisse (le commandant Dromard)

A comme

Michel Audiard

L'auteur des dialogues des *Tontons*

Michel Audiard est le dialoguiste des *Tontons flingueurs*, et cela pourrait suffire à sa gloire… C'est à l'évidence l'un de ses chefs-d'œuvre, si on mesure le chef-d'œuvre au nombre de répliques immortelles à la minute de projection. Du ciselé, de l'imparable ; le mot vise juste, le rire fuse…

Mais ce n'est aussi qu'un chef-d'œuvre parmi d'autres, l'arbre de bons mots qui cache la forêt des dialogues et des scénarios qui poussèrent tout au long de l'une des carrières les plus brillantes du cinéma français. À tel point que durant quelques décennies on aurait pu finir par dire qu'Audiard « était » le cinéma français, qu'il incarnait un certain cinéma, certes, celui du samedi soir et de la rigolade… Mais qui, peu à peu, lorsque la vie se chargea de lui rappeler qu'on ne peut pas toujours rigoler, allait s'imposer également comme l'un des maîtres de tous les genres de cinoche, jusqu'à l'apothéose

13

de *Garde à vue*, qui fit succomber à son charme les derniers cinéphiles rétifs aux « facilités » qu'ils avaient cru distinguer dans ses dialogues.

Avant lui, on écrivait au mieux comme Anatole France, ce qui n'était pas si mal.

Michel Audiard est le dialoguiste des *Tontons flingueurs* parce qu'il avait compris que le dialogue des films avait parfois un pouvoir d'évocation tout aussi important que celui de l'image ou du jeu des acteurs. Né le 15 mai 1920 dans le XVIe arrondissement de Paris, non loin de la placette qui porte aujourd'hui son nom, Audiard, fils de père inconnu, quasi abandonné par sa mère, élevé par un oncle débonnaire, est un gosse de la rue, un titi parisien, à peine titulaire du certificat d'études et d'un CAP. Un coureur aussi, de filles et de compétitions cyclistes (il rencontra pour la première fois André Pousse au Vél'd'Hiv et lui avoua qu'il avait abandonné les courses sur route parce « *qu'il grimpait pas les côtes* »), un gamin très vite jeté dans la vie, rattrapé par la guerre et l'Occupation qui le poussèrent sur les chemins de l'exode, un porteur de casquette et un fumeur de Gitanes que rien, rien ne prédisposait à échapper à l'usine ou à l'atelier. Sinon une chose : le jeune Audiard lit.

L'éclectisme avant tout

Il lit tout ce qui lui passe entre les mains, entre deux livraisons de journaux sur son vélo. Dès l'adolescence, il avale toute l'œuvre de Balzac et les aventures d'Arsène Lupin,

tout Rimbaud – son idole –, *À la recherche du temps perdu* de Marcel Proust, aussi bien que *Fantômas*, Rouletabille et Flaubert. Cette passion de la lecture ne le quittera jamais. Jusqu'à ses dernières interviews, il confessa son éclectisme absolu, le faisant passer d'une Série Noire au nouveau roman et jusqu'aux œuvres de Michel Foucault. Louis-Ferdinand Céline fut, dès la première lecture du *Voyage au bout de la nuit*, sa principale référence. « *Avant lui*, déclara-t-il à Jacques Chancel, *on écrivait au mieux comme Anatole France, ce qui était pas si mal.* » Ce goût pour la littérature, cette culture littéraire que seuls aujourd'hui doivent avoir encore quelques agrégés de lettres modernes – et ce n'est pas si sûr – lui permirent d'apprendre à entendre les dialogues des films et à découvrir que certains d'entre eux présentaient les mêmes qualités littéraires que certains de ses romans favoris. Il finit par choisir les films qu'il allait voir en fonction du nom des dialoguistes, avec une prédilection pour les dialogues de Jacques Prévert ou Henri Jeanson.

Michel Audiard est le dialoguiste des *Tontons flingueurs* grâce à une série de rencontres.

Lorsqu'il était livreur de journaux, il fréquentait les bars où les journalistes venaient finir leurs nuits à l'heure où il commençait sa propre journée de travail. Un jour, pour le dépanner, il propose à Gaston Servant, journaliste au quotidien *L'Étoile du soir*, de rédiger quelques feuillets. Essai concluant : Michel fait ses débuts dans la presse écrite, se rendant coupable au passage de quelques canulars spectaculaires, comme lorsqu'il affirma à ses patrons qu'il partait en reportage en Chine, alors que les soi-disant « interviews exclusives de Tchang Kaï-chek » étaient rédigées au comptoir des bistrots de la place Denfert-Rochereau. Michel Audiard abandonne la presse quotidienne pour se livrer aux joies de la critique de cinéma dans deux revues mensuelles dirigées par la journaliste et scénariste France Roche.

Il découvre alors le monde du cinéma, fréquente les acteurs et les metteurs en scène. Gouailleur, doué pour l'écriture, il réussit même à décider un producteur à l'engager comme scénariste. André Hunebelle – qui sera un jour célèbre en réalisant la trilogie des *Fantômas* avec Louis de Funès et quelques chefs-d'œuvre du film de cape et d'épée avec Jean Marais – lui propose de rejoindre la PAC, sa société de production, et de lui écrire des scénarios de courts métrages.

Il lui propose surtout, pour commencer, d'imaginer l'histoire d'un « grand film ». Michel Audiard écrit *Mission à Tanger*, une parodie de films d'espionnage se déroulant durant la guerre, dans une ambiance évoquant l'univers de *Casablanca* de Michael Curtiz. L'histoire n'ayant guère d'intérêt, pour tirer à la ligne, Michel Audiard l'entrelarde d'interminables scènes de cabaret où l'on aperçoit Louis de Funès, presque à ses débuts, et Jean Richard ivre mort.

Mais il y a le personnage principal, le journaliste Georges Masse, un incorrigible bavard, à qui Audiard fait proférer des énormités dont le cinéma français n'avait guère l'habitude. Quand Masse s'adresse à de Funès, grimé en militaire ibérique, il lui dit : « *Allez-y franco, mon général…* » La machine à bons mots est lancée.

Le maître du genre

Michel Audiard est – naturellement – le dialoguiste des *Tontons flingueurs* parce qu'alors, en 1963, au bout d'une cinquantaine de films, il est déjà considéré comme l'un des maîtres du genre. Ce ne pouvait être que lui !

Il a déjà écrit les dialogues ciselés de chefs-d'œuvre et de nanars. Il a donné un nouveau souffle à la carrière de Jean Gabin en lui composant des personnages de prolétaires gouailleurs – de *Gas-oil* à *Rue des Prairies* – puis de truands hauts en couleur, comme le Dabe du *Cave se rebiffe*, et même un commissaire Maigret, apparemment débonnaire, mais vif et incisif lorsque les événements l'exigent. Michel Audiard

Deux intellectuels assis vont moins loin qu'une brute qui marche !

a également bousculé le public du festival de Cannes et la critique en ponctuant les dialogues du film *Carambolages* d'allusions rigolardes à la Gestapo française, une réalité historique honteuse que les hommes politiques de l'après-guerre préféraient taire.

Il a déjà écrit les dialogues de *Un taxi pour Tobrouk* et des formules destinées à marquer les mémoires. (« *Deux intellectuels assis vont moins loin qu'une brute qui marche !* ») Il a écrit le discours du *Président*, prononcé au pied de la tribune de l'assemblée par Gabin, en digne successeur de Clemenceau. (« *Sachez qu'il y a aussi des patrons de gauche.* » « *Oui, il y a aussi des poissons volants, mais ça ne constitue pas la majorité de l'espèce.* ») Il a déjà fait parler la jeune garde du cinéma français : Alain Delon dans *Mélodie en sous-sol* et Jean-Paul Belmondo dans *Un singe en hiver*. Ces mots, ces bons mots attirent le public.

Quand son nom est au générique, de plus en plus gros, on se déplace pour lui… Et pas uniquement pour quelques répliques qui finiront en aphorismes dans les dictionnaires de citations… Les dialogues d'Audiard, même quand ils ne comportent pas de répliques cultes, sont un plaisir pour l'oreille.

De nombreuses comédies oubliées aujourd'hui (*Poisson d'avril*, *Les Vieux de la vieille* ou le génial *Courte Tête*) ne valent que par la qualité de ces dialogues et des situations qu'ils illustrent, l'univers d'Audiard se trouvant souvent à la rencontre de celui des grands humoristes du passé – Courteline ou Alphonse Allais – et des maîtres du vaudeville. Ses textes sont écrits, ciselés, précis, justes.

— Sachez qu'il y a aussi des
patrons de gauche.

— Oui, il y a aussi des poissons
volants, mais ça ne constitue
pas la majorité de l'espèce.

Michel Audiard est le dialoguiste des *Tontons flingueurs*, qui apparaît aujourd'hui encore comme l'un de ses chefs-d'œuvre – avec *Le cave se rebiffe*, *Les Barbouzes*, *Le Pacha* et *Garde à vue*… Il est aussi le chef de bande autour duquel s'agrègent des gueules – et parfois des « grandes gueules » – qui constituent son univers. Il y a Lino Ventura, l'homme du *Taxi pour Tobrouk*, de *100 000 Dollars au soleil* et de *Garde à vue* ; Bernard Blier, qui sera de toutes ses productions ultérieures ; Francis Blanche, le papa Schulz de *Babette s'en va-t-en guerre* ; Jean Lefebvre, qui sera *Un idiot à Paris* et le Michalon de *Ne nous fâchons pas* ; il y a encore Robert Dalban qu'on retrouvera dans *Les Barbouzes*…

Michel Audiard est le dialoguiste des *Tontons flingueurs* et il entre ainsi dans la légende… Il est mort le 28 juillet 1985.

🎬 Les films auxquels Michel Audiard a participé comme scénariste, dialoguiste ou réalisateur, et même parfois les trois...

- 1949 : *Mission à Tanger*, André Hunebelle
- 1949 : *On n'aime qu'une fois*, Jean Stelli
- 1950 : *Méfiez-vous des blondes*, André Hunebelle
- 1950 : *Garou-Garou le passe-muraille*, Jean Boyer
- 1951 : *Massacre en dentelles*, André Hunebelle
- 1951 : *Une histoire d'amour*, Guy Lefranc
- 1951 : *L'Homme de ma vie*, Guy Lefranc
- 1952 : *Les Dents longues*, Daniel Gélin
- 1952 : *C'est arrivé à Paris*, Henri Lavorel et John Berry
- 1953 : *Quai des blondes*, Paul Cadéac
- 1953 : *Les Trois Mousquetaires*, André Hunebelle

- 1953 : *L'Ennemi public n° 1*, Henri Verneuil
- 1953 : *Sang et Lumière*, Georges Rouquier
- 1954 : *Poisson d'avril*, Gilles Grangier
- 1954 : *Série noire*, Pierre Foucaud
- 1954 : *Les Gaietés de l'escadron*, Paolo Moffa
- 1955 : *Gas-oil*, Gilles Grangier
- 1955 : *La Bande à papa*, Guy Lefranc
- 1956 : *Mort en fraude*, Marcel Camus
- 1956 : *Courte Tête*, Norbert Carbonnaux
- 1956 : *Mannequin de Paris*, André Hunebelle
- 1956 : *Le Sang à la tête*, Gilles Grangier
- 1956 : *Jusqu'au dernier*, Pierre Billon
- 1957 : *Maigret tend un piège*, Jean Delannoy
- 1957 : *Retour de manivelle*, Denys de La Patellière
- 1957 : *Le rouge est mis*, Gilles Grangier
- 1957 : *Trois jours à vivre*, Gilles Grangier
- 1957 : *Les Misérables*, Jean-Paul Le Chanois
- 1958 : *Les Grandes Familles*, Denys de La Patellière
- 1958 : *Archimède le clochard*, Gilles Grangier
- 1958 : *Pourquoi viens-tu si tard ?*, Henri Decoin

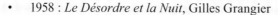

- 1958 : *Le Désordre et la Nuit*, Gilles Grangier
- 1959 : *Péché de jeunesse*, Louis Duchesne
- 1959 : *125, rue Montmartre*, Gilles Grangier
- 1959 : *Les Yeux de l'amour*, Denys de La Patellière
- 1959 : *Maigret et l'Affaire Saint-Fiacre*, Jean Delannoy
- 1959 : *Le Baron de l'écluse*, Jean Delannoy
- 1959 : *Rue des Prairies*, Denys de La Patellière
- 1959 : *Babette s'en va-t-en guerre*, Christian-Jaque
- 1959 : *La Bête à l'affût*, Pierre Chenal

- 1960 : *Les Vieux de la vieille*, Gilles Grangier
- 1960 : *Un taxi pour Tobrouk*, Denys de La Patellière
- 1960 : *La Française et l'Amour*, Henri Verneuil
- 1961 : *Le Bateau d'Émile*, Denys de La Patellière
- 1961 : *Le cave se rebiffe*, Gilles Grangier
- 1961 : *Le Président*, Henri Verneuil
- 1961 : *Les lions sont lâchés*, Henri Verneuil
- 1961 : *Les Amours célèbres*, Michel Boisrond

- 1962 : *Le Gentleman d'Epsom*, Gilles Grangier
- 1962 : *Un singe en hiver*, Henri Verneuil
- 1962 : *Le Diable et les Dix Commandements*, Julien Duvivier
- 1963 : *Mélodie en sous-sol*, Henri Verneuil
- 1963 : *Carambolages*, Marcel Bluwal
- 1963 : *Les Tontons flingueurs*, Georges Lautner
- 1963 : *100 000 Dollars au soleil*, Henri Verneuil
- 1963 : *Des pissenlits par la racine*, Georges Lautner
- 1964 : *La Chasse à l'homme*, Édouard Molinaro
- 1964 : *Une souris chez les hommes*, Jacques Poitrenaud
- 1964 : *Par un beau matin d'été*, Jacques Deray
- 1964 : *Les Barbouzes*, Georges Lautner
- 1965 : *La Métamorphose des cloportes*, Pierre Granier-Deferre
- 1965 : *Quand passent les faisans*, Édouard Molinaro
- 1965 : *Les Bons Vivants*, Gilles Grangier et Georges Lautner

- 1966 : *Tendre Voyou*, Jean Becker
- 1966 : *Un idiot à Paris*, Serge Korber
- 1966 : *Ne nous fâchons pas*, Georges Lautner
- 1966 : *Sale Temps pour les mouches*, Guy Lefranc
- 1967 : *Fleur d'oseille*, Georges Lautner
- 1967 : *Toutes folles de lui*, Norbert Carbonnaux
- 1967 : *La Grande Sauterelle*, Georges Lautner
- 1967 : *Johnny Banco*, Yves Allégret
- 1968 : *La Petite Vertu*, Serge Korber
- 1968 : *Le Pacha*, Georges Lautner
- 1968 : *Faut pas prendre les enfants du bon Dieu pour des canards sauvages*, Michel Audiard
- 1969 : *Sous le signe du Taureau*, Gilles Grangier
- 1969 : *Une veuve en or*, Michel Audiard
- 1970 : *Elle boit pas, elle fume pas, elle drague pas, mais... elle cause*, Michel Audiard
- 1970 : *Le Cri du cormoran le soir au-dessus des jonques*, M. Audiard
- 1971 : *Le drapeau noir flotte sur la marmite*, Michel Audiard
- 1972 : *Elle cause plus... elle flingue*, Michel Audiard

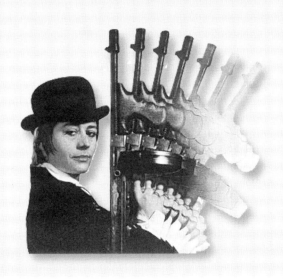

- 1973 : *Vive la France*, Michel Audiard
- 1973 : *Comment réussir quand on est con et pleurnichard*, Michel Audiard
- 1974 : *Bons baisers à lundi*, Michel Audiard
- 1975 : *Le Corps de mon ennemi*, Henri Verneuil
- 1975 : *L'Incorrigible*, Philippe de Broca
- 1976 : *Le Grand Escogriffe*, Claude Pinoteau
- 1977 : *L'Animal*, Claude Zidi
- 1977 : *Tendre Poulet*, Philippe de Broca
- 1977 : *Mort d'un pourri*, Georges Lautner
- 1978 : *Le Cavaleur*, Philippe de Broca
- 1978 : *Les Égouts du paradis*, José Giovanni
- 1978 : *Flic ou Voyou*, Georges Lautner
- 1979 : *On a volé la cuisse de Jupiter*, Philippe de Broca
- 1979 : *Le Guignolo*, Georges Lautner
- 1979 : *L'Entourloupe*, Gérard Pirès
- 1980 : *Pile ou face*, Robert Enrico
- 1980 : *Le Coucou*, Francesco Massaro
- 1981 : *Est-ce bien raisonnable ?*, Georges Lautner
- 1981 : *Espion, lève-toi*, Yves Boisset
- 1981 : *Garde à vue*, Claude Miller
- 1981 : *Le Professionnel*, Georges Lautner
- 1982 : *Canicule*, Yves Boisset
- 1982 : *Mortelle Randonnée*, Claude Miller
- 1983 : *Le Marginal*, Jacques Deray
- 1984 : *Les Morfalous*, Henri Verneuil
- 1985 : *La Cage aux folles 3*, Georges Lautner
- 1985 : *On ne meurt que deux fois*, Jacques Deray

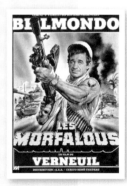

B comme

le « Bizarre »

La boisson favorite des Tontons

Les Tontons flingueurs sont aussi des tontons buveurs. C'est d'ailleurs à ça qu'on les reconnaît et en grande partie pour cela qu'on les apprécie encore aujourd'hui. L'alcool fait partie du décor. Nous apprenons grâce aux Tontons qu'il risque de « *gâter la main* » des tueurs à gages ; nous savons aussi que le « *bourgogne et le bordeaux* » s'achètent chez l'Italien d'en bas… Mais ce sont des informations secondaires…

Les Tontons boivent, beaucoup trop, ils boivent du « bizarre ». D'abord parce qu'ils ont l'âge légal de boire, eux. Comme dirait Raoul Volfoni : « *Nous, par contre, on est des adultes, on pourrait peut-être s'en faire un petit ? Hein ?* »

Nous reviendrons évidemment plus longuement sur la « scène de la cuisine », cet instant particulier, comme suspendu, un huis clos, une échappée vers le pays des souvenirs…, mais surtout l'une des plus célèbres scènes de beuverie de l'histoire du cinéma français.

Les Tontons boivent. Mais que boivent-ils ?

Maître Folace – nous nous interrogerons également plus tard sur la véracité de son titre de notaire – est un fin connaisseur en matière d'alcool. C'est donc à lui de trouver un breuvage digne de cette assemblée d'adultes. « *Seulement, le tout-venant a été piraté par les mômes. Qu'est-ce qu'on fait ?* demande-t-il. *On se risque sur le bizarre ?… Ça va rajeunir personne.* »

Voilà, c'est dit : les Tontons vont boire du « bizarre ». Mais qu'est-ce que c'est exactement, du « bizarre » ?

Vive l'alcool frelaté !

Dans le vocabulaire du droit, qui en condamnait la fabrication, et de la médecine légale, qui en constatait les dégâts, cela s'appelle de l'alcool frelaté. De tout temps, il exista un marché parallèle de l'alcool, des contrefaçons de grands crus ou de grandes marques, voire de la simple bibine produite sans agrément. Car en France il est interdit de procéder soi-même à la distillerie de quelque produit que ce soit sans en avoir l'agrément. L'alambic de Jo le

> *Cinquante kilos de patates, un sac de sciure de bois, il te sortait vingt-cinq litres de trois étoiles à l'alambic ; un vrai magicien, Jo.*

Trembleur est un objet dont l'usage est surveillé et encadré.

Nous ne savons pas précisément ce que contiennent les deux bonbonnes d'alcool, de la marque Three Kings, consommées par Fernand Naudin, maître Folace, les Volfoni et Jean. Selon des avis éclairés, il y aurait de la pomme, ce que confirme Fernand Naudin, qui a dû participer naguère à la fabrication de la boisson, et peut-être de la betterave (il confirme aussi). Ce qui en fait un alcool proche du calvados, rien de bien méchant. À moins que cette boisson n'ait été confectionnée selon la recette de Jo le Trembleur, rapportée par maître Folace : « *Cinquante kilos de patates, un sac de sciure de bois, il te sortait vingt-cinq litres de trois étoiles à l'alambic ; un vrai magicien, Jo.* » Rien non plus de trop alarmant dans cette recette. Après tout, certaines vodkas sont produites par la distillation de pommes de terre, et le tafia est un alcool de bois… Non, le problème, ce n'est pas cette composition et les ingrédients évoqués.

Car un alcool fabriqué clandestinement n'est pas pour autant un poison. Aujourd'hui encore dans nos vertes campagnes, il doit bien subsister quelques milliers d'alambics non déclarés permettant à de joyeux drilles de distiller leurs pommes ou leur raisin en surnombre, pour s'arsouiller entre amis avec un alcool fait maison. Et puis nous sommes au début des années 1960, dans le sillage des années de guerre durant lesquelles les restrictions privèrent une grande partie de la population de son petit verre de gnole.

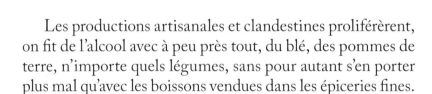

Les productions artisanales et clandestines proliférèrent, on fit de l'alcool avec à peu près tout, du blé, des pommes de terre, n'importe quels légumes, sans pour autant s'en porter plus mal qu'avec les boissons vendues dans les épiceries fines.

 ## Substance toxique...

Malheureusement, le breuvage n'a rien d'innocent. Il y a « autre chose » dans sa composition.

Maître Folace nous donne des informations assez alarmantes sur les effets secondaires de la boisson contenue dans les bonbonnes, qui « *date du Mexicain, du temps des grandes heures. Seulement, on a dû arrêter la fabrication, y a des clients qui devenaient aveugles. Oh ! ça faisait des histoires !* » Il n'est pas plus rassurant en évoquant les conséquences de la consommation de la production de Jo : « *Je dis pas qu'à la fin de sa vie Jo le Trembleur il avait pas un peu baissé. Mais n'empêche que, pendant les années terribles, sous l'Occup', il butait à tout va. Il a quand même décimé toute une division de panzers.* » Et comme chacun sait, à condition « *d'être à ce qu'on dit* », il n'était pas « *dans les chars* », mais dans la limonade.

La cécité, puis la mort de certains consommateurs sont des indices, voire des symptômes précis des effets d'un certain

On a dû arrêter la fabrication, y a des clients qui devenaient aveugles. Oh ! ça faisait des histoires !

type d'alcool frelaté, fabriqué clandestinement à partir du méthanol ! La consommation de cette substance très toxique a précisément une action immédiate sur le nerf optique et peut entraîner rapidement la mort. En décembre 2011, dans l'État du Bengale-Occidental, en Inde, quelques centaines de consommateurs trouvèrent la mort après avoir ingurgité du *hooch*, une gnole de contrebande vendue huit centimes d'euro le litre. Les enquêtes démontrèrent qu'il avait été fabriqué à base de méthanol, comme cet alcool du Mexicain… « *Ça faisait des histoires !* »

Et pourtant, les Tontons en boivent, et beaucoup - notons tout de même que ces deux chopines tenant visiblement chacune leurs deux litres, eh bien, cela fait plus de trois quarts de litre par personne… Leurs avis sont assez convergents : il s'agit d'un alcool fort : « *Faut reconnaître, c'est du brutal !* » « *Faut quand même admettre que c'est plutôt une boisson d'homme.* » Même si une mystérieuse Polonaise en prenait au petit-déjeuner.

Ils n'en meurent pas, n'en deviennent pas aveugles… Seul Jean Lefebvre en a les larmes aux yeux, mais il faut dire que Francis Blanche lui avait fait une farce en glissant dans son verre un mélange terrifiant de tous les alcools trouvés sur le plateau, assaisonné de poivre Les autres buvaient du thé froid. Rien de bien grave alors.

Ah si ! tout de même ! La boisson du Mexicain a des effets diurétiques. Raoul Volfoni en fait les frais.

C comme

Culte

La caractéristique principale des *Tontons*

La postérité a tranché : *Les Tontons flingueurs* appartient à la catégorie particulière des films cultes. C'est peut-être même l'archétype du film culte français.

Le film culte est un film auquel on rend un véritable culte… Ce qui ne veut pas dire qu'il s'agisse d'un film ayant un caractère religieux. *Bernadette Soubirous, la vie d'une sainte* de Jean Delannoy n'est pas un film culte… En revanche, *Un drôle de paroissien*, de Jean-Pierre Mocky, qui n'hésite pas à se moquer de l'Église, est un film culte.

Alors, à quoi reconnaît-on un film culte ?

Pour qu'il y ait un culte, il faut des fidèles, des admirateurs, voire des adorateurs. D'ordinaire, ce sont des garçons un peu renfermés, préférant mater des films à la télé plutôt que la vraie vie. Les fans des *Tontons* échappent pour la plupart à cette malédiction.

Le fan d'un film culte le connaît, comme tout le monde, mais il est persuadé qu'il est le seul à le connaître aussi bien… Sa satisfaction ultime, c'est de connaître un détail que personne n'avait remarqué avant lui. Il saura – pas vous ! – quelle est la marque de la boîte de biscuits dans laquelle Jean range ses armes dans la cuisine ou la liste des véhicules garés dans la cour de la villa le jour de la boum de Patricia.

Le fan de films cultes est capable d'en réciter des répliques apprises par cœur au cours des dizaines de visionnages… Et *Les Tontons* appartient à une catégorie particulière : celle des films cultes qui comportent des répliques cultes. En France,

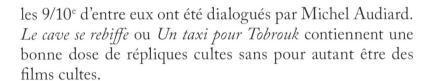

les 9/10e d'entre eux ont été dialogués par Michel Audiard. *Le cave se rebiffe* ou *Un taxi pour Tobrouk* contiennent une bonne dose de répliques cultes sans pour autant être des films cultes.

 ## Des répliques proverbiales

Certaines répliques ou expressions des *Tontons* sont aujourd'hui non seulement cultes, mais aussi entrées dans le langage courant comme de véritables proverbes :

« *Les cons, ça ose tout, c'est même à ça qu'on les reconnaît.* »

« *C'est du brutal.* »

« *Disperser façon puzzle.* »

Les Tontons sont même l'un des rares films dont les dialogues peuvent littéralement être connus par cœur dans leur totalité par des fans. Ce sont d'ailleurs des amateurs de films cultes qui les ont transcrits intégralement dans des dizaines

de sites Internet – avec parfois quelques approximations orthographiques qui font tout leur charme.

Le fan de film culte a l'impression que ce film accompagne sa vie depuis toujours… *Les Tontons*, sortis en 1963, est évidemment de ceux-là ; c'est un « vieux film », mais toujours aussi adulé.

Les cons, ça ose tout, c'est même à ça qu'on les reconnaît.

Les fans des *Tontons* sont aussi les gardiens du temple. Il suffit de les entendre se manifester régulièrement, en particulier lors de rediffusions du film à la télévision, dont ils critiqueront au passage les tentatives blasphématoires de colorisation. Heureusement qu'ils sont là, la version colorisée des *Tontons* étant presque un crime contre le bon goût.

Rocky Horror Picture Show, *Le père Noël est une ordure*, *C'est arrivé près de chez vous* ou *Pulp Fiction* sont également des films cultes. *Les Tontons* est culte, c'est-à-dire aussi qu'il est à la fois populaire et élitiste, très original et grand public, quasi underground à ses débuts et diffusé largement.

Depuis *Les Tontons*, et sans doute à cause d'eux, l'expression « film culte », lorsqu'elle concerne des films français, renvoie plutôt à des films comiques grand public. Mais on ne doit pas confondre un film culte et un chef-d'œuvre ou un grand succès populaire. Ni *Bienvenue chez les Ch'tis* ni *Intouchables* ne seront des films cultes.

Depuis *Les Tontons*, seul *Le père Noël est une ordure* a pu se prévaloir d'être un film culte.

D comme

les Delafoy

La famille par alliance des Tontons

« *I* *ne faudrait pas que la famille s'imagine que nous menons une vie de bohème…* » s'inquiète Fernand Naudin lorsqu'il apprend qu'elle fréquente sérieusement le fils Delafoy. En effet !

L'union de Patricia – la fille d'un truand proxénète et d'une prostituée – avec Antoine est à ranger dans la catégorie des « beaux mariages », des mariages inespérés même, pour une jeune fille issue de ce milieu un peu particulier – dont elle ignore tout, il est vrai.

Antoine, le fils

« *Antoine Delafoy, le plus respectueux, le plus ancien, le plus fidèle ami de Patricia.* »

— *Parce qu'en
plus, monsieur
séduit.
— Je ne
séduis pas :
j'envoûte.*

Tout y est. Dès sa première rencontre avec l'oncle Fernand, Antoine a réussi à lui faire comprendre qu'il était très attaché à la jeune fille et qu'il avait jusqu'à présent laissé sa virginité intacte, au nom de son « *respect* ». Fernand Naudin est ébahi. Rien dans son passé n'a pu le prédisposer à rencontrer ce genre de zozo intellectuel et bavard, dont on ne trouvait sans doute guère d'exemplaire dans les compagnies de chars, les bordels d'Indochine ou le commerce des motoculteurs. Leurs relations sont assez vite tendues. Antoine s'y prend très mal, imposant à l'oncle Fernand un numéro assez pénible de petit snob amateur de musique classique et de pique-assiette vidant sans vergogne les réserves de champagne et de foie gras alsacien.

Il est saoulant, bavard, agité : « *C'est son côté agaçant, il faut qu'il parle ; en vérité c'est un timide,* affirme Patricia pour prendre sa défense. *Je suis sûre que vous serez séduit quand vous le connaîtrez mieux.* » Fernand s'étonne : « *Parce qu'en plus, monsieur séduit. — Je ne séduis pas : j'envoûte.* » Il faudra attendre encore un peu pour que Fernand cède à l'envoûtement… Il commence par virer sans ménagement son futur quasi-gendre après l'avoir trouvé en chaussettes, vautré sur la moquette : « *Patricia, mon petit…, je ne voudrais pas te paraître vieux jeu ni encore moins grossier. L'homme de la pampa, parfois rude, reste toujours courtois, mais la vérité m'oblige à te le dire : ton Antoine commence à me les briser menu !* »

Le courant ne passe visiblement pas entre les deux hommes. Naudin, qui en a pourtant connu d'autres, traite même Antoine de voyou, ce qui est tout de même un peu fort

de sa part. « *Antoine, un voyou ? Antoine est un grand compositeur, il a du génie* », lui rétorque Patricia. C'est à voir. Nous le découvrons effectivement en train de rechercher « *l'anti accord absolu* » en jouant avec une batterie de robinet, de balles de ping-pong et d'instruments de ménage. Le bruit produit n'est pas sans rappeler certaines des expériences musicales de ces années-là, mais affirmer qu'il a du génie, et surtout imaginer qu'il puisse en vivre, c'est une autre affaire…

Antoine habite dans un petit appartement doté de tout le confort moderne de l'époque (cuisine équipée et téléviseur), décoré d'une manière que l'on qualifierait aujourd'hui de style « bourgeois bohème », expression qui pourrait d'ailleurs définir assez bien Antoine. En matière vestimentaire, son côté bohème se manifeste surtout par le port de cravates légèrement dénouées.

Antoine est interprété par Claude Rich

S'embrasser par téléphone deux fois par jour, c'est bien mignon, mais j'suis un homme…

Claude Rich a quelquefois raconté qu'il s'était senti isolé au sein de l'équipe des comédiens des *Tontons flingueurs*, en grande partie pour des problèmes de rapports entre les générations : il était plus jeune que la plupart d'entre eux. À y regarder de plus près, cette différence d'âge était assez relative. Claude Rich, né en 1929 à Strasbourg, n'avait que 10 ans de moins que Lino Ventura et Jean Lefebvre, 12 ans de moins que Francis Blanche, 13 ans de moins que Bernard Blier, et presque le même âge que Venantino Venantini.

Alors âgé de 34 ans, il était en revanche bien plus vieux que sa « fiancée », la comédienne Sabine Sinjen, qui n'avait que 21 ans et s'évertuait à en paraître 17… On comprend mieux sa réflexion à propos de leur absence de vie sexuelle : « *N'empêche que je commence à en avoir assez, moi, des amours clandestines ; s'embrasser par téléphone deux fois par jour, c'est bien mignon, mais j'suis un homme…* »

À bientôt 34 ans !

N'empêche, il faisait jeune ! C'était d'ailleurs l'emploi de Claude Rich dans les films de la fin des années 1950 et du début des années 1960. Il était l'incarnation du jeune homme de bonne famille.

On le retrouve en professeur de musique amoureux d'une fille de viticulteurs dans *Ni vu ni connu*. Il roule en VéloSoleX, elle traverse les vignes en moto.

Il est l'un des jeunes mariés de *La Française et l'Amour*, un célibataire endurci pris aux pièges de Catherine Deneuve dans *La Chasse à l'homme* ou l'employé indélicat tentant de gruger Louis de Funès dans *Oscar*. Encore et toujours des jeunes gens bien élevés, se signalant parfois par leur énergie, leur humour et des accommodements avec la morale.

Heureusement pour le jeune couple, il ne devra pas uniquement compter sur les revenus hypothétiques des concerts donnés par Antoine pour débuter dans la vie. La famille Delafoy a, semble-t-il, quelques revenus.

Adolphe Amédée, le père

Adolphe Amédée Delafoy est à l'évidence un grand bourgeois. Est-il apparenté aux comtes de Lafoye ou à ces membres de la noblesse impériale, voire à ces héros de la Grande Guerre, qui portent des noms voisins du sien ? Cela ne dépareillerait pas dans le tableau.

Le portrait que brosse Antoine Delafoy de son père nous permet de découvrir qu'il est issu d'une grande famille de la plus haute bourgeoisie, sans doute fortunée. « *Seul rescapé d'une famille ébranlée par les guerres coloniales, les divorces et les accidents de la route, papa, Adolphe Amédée Delafoy, dit "le président", est un personnage : il collectionne les pendules et les contraventions, les déceptions sentimentales et les décorations ; il les a toutes sauf la médaille de sauvetage, la plus belle, selon lui, mais la plus difficile à décrocher quand on n'est pas breton.* » C'est un fier gaillard. Mais ce n'est pas tout : « *À part ça, ce qu'il est convenu d'appeler un grand honnête homme. Porté sur la morale et les soubrettes, la religion et les jetons de présence... Vous connaissez sa dernière ? Il vient de se faire bombarder vice-président du Fonds monétaire international.* » Le Fonds monétaire international ! Amédée Delafoy est le vice-président d'une institution qui allait être dirigée près d'un demi-siècle plus tard par Dominique Strauss-Kahn… Cela laisse rêveur.

Notons qu'en 1963, le FMI venait justement de changer de président et de voir porter à sa tête le Français Pierre-Paul Schweitzer, qui allait mettre un beau bazar au sein de l'institution – non pas à cause de ses frasques sexuelles,

> *Un grand honnête homme. Porté sur la morale et les soubrettes, la religion et les jetons de présence...*

mais en malmenant le dogme de la convertibilité du dollar en or. C'était par ailleurs le neveu d'Albert Schweitzer et le père de Louis Schweitzer, le futur directeur de Renault, ce qui n'a strictement rien à voir avec notre histoire. Sinon que Lautner, Simonin et Audiard ont visé juste en attribuant cette fonction au président Delafoy et l'ont situé très en haut de l'échelle sociale des grands commis de l'État.

Un haut fonctionnaire dont on peut soupçonner par ailleurs qu'il n'est pas ennemi des « revenus annexes ». La confidence faite le jour du mariage par Fernand Naudin à son gendre a de quoi surprendre : « *Et puis quant aux diverses affaires constituant la dote de notre petite Patricia, votre cher papa a accepté de les prendre en charge. Elles sont sans doute un petit peu particulières, mais enfin, avec un vice-président*

du Fonds monétaire à leur tête, ben, moi je pense que tout ira bien ! » Oui, répond Antoine, « *surtout avec papa, il ne comprend rien au passé, rien au présent, rien à l'avenir, enfin, rien à la France, rien à l'Europe, enfin, rien à rien ; mais il comprendrait l'incompréhensible dès qu'il s'agit d'argent* »… Imagine-t-on, même à l'époque de Dédé la Saumure, un haut fonctionnaire du FMI dirigeant une maison close, deux salles de jeu clandestin et une fabrique de pastis frelaté… pour lesquelles il devra d'ailleurs engager lui-même du personnel puisqu'on dénombre quelques décès dans l'entreprise ?

> *Il ne comprend rien au passé, rien au présent, rien à l'avenir ; mais il comprendrait l'incompréhensible dès qu'il s'agit d'argent*

Décidément un étrange bonhomme, cet Amédée Delafoy, qui ne s'étonne pas qu'on mène les choses rondement. « *Ce n'est pas pour me déplaire d'ailleurs, dit-il. J'aime l'action, l'initiative ; quand j'étais jeune, je jouais au hockey sur gazon… »*

Quant à ses goûts esthétiques, qu'il pourra satisfaire grâce aux revenus des clandés et des tripots, ils restent simples : une collection de pendules du XVIIIIᵉ siècle, la peinture de Puvis de Chavannes et la musique de Reynaldo Hahn… Des goûts assez bourgeois pour un aventurier, même si Reynaldo Hahn scandalisa la bonne société parisienne par ses amours homosexuelles avec Marcel Proust.

Il est interprété par Pierre Bertin

Pierre Bertin était un acteur tout à fait original, reconnaissable dans la plus discrète de ses apparitions, l'incarnation idéale d'un grand bourgeois un peu fêlé.

L'interprète d'Adolphe Amédée Delafoy n'en était pas à sa première apparition dans un film dialogué par Michel Audiard. Il incarnait le duc Edmond de Crécy-Lozère, le père de Gérard, le fiancé de Brigitte Bardot dans *Babette s'en va-t-en guerre*. Il avait déjà cette silhouette de père noble, dur d'oreille et légèrement siphonné. Dans le film *Les Bons Vivants*, également imaginé par le duo Simonin/Audiard, il incarnait le président du tribunal jugeant la terrible affaire du vol d'une enseigne de bordel.

Né en 1891 à Lille, pur produit de la Comédie-Française dont il fut sociétaire, il avait fait ses débuts au cinéma en 1916… Sa carrière lui permit de participer à quelques chefs-d'œuvre : *Le Corbeau* d'Henri-Georges Clouzot, *Orphée* de Jean Cocteau, ou *Knock* de Guy Lefranc aux côtés de Louis Jouvet. Il incarna également Napoléon III dans *Monsieur Fabre*, un biopic consacré au célèbre naturaliste, et le grand-père de Juliette (Marie Dubois), dans *La Grande Vadrouille* de Gérard Oury.

La voix de Pierre Bertin et sa diction inimitable resteront à jamais associées dans nos mémoires à ce personnage étonnant : le père d'Antoine.

E comme

l'Église et le mariage

Les retrouvailles des Tontons

« Je vais lui parler de notre mariage, de toi, de moi, de nous…
— Répète un peu ce que tu viens de dire ! »

Cela se passait encore ainsi dans les années 1960 ! Un jeune homme épris d'une jeune fille, n'ayant guère l'occasion de batifoler au lit avec elle en dehors des liens sacrés du mariage, en venait assez rapidement à lui proposer de l'épouser Il faut dire qu'Antoine Delafoy – ou du moins son interprète - a 34 ans, sa fiancée en ayant à peine 17 ou 18. Il valait mieux qu'il l'épouse pour éviter de courir le risque de se faire poursuivre pour détournement de mineure. Même dans les familles de truands, les principes devaient être respectés.

Ainsi donc, Antoine Delafoy épouse Patricia, dont nous ignorerons toujours le nom de jeune fille. La séquence de leur mariage conclut *Les Tontons flingueurs*. Elle se déroule en deux temps : les préparatifs à la villa, essayage des costumes, vérification des cadeaux et photos des mariés d'abord, puis la cérémonie à l'église. Tout cela reste très conventionnel pour une famille dont la jeune épousée est la fille d'un truand et d'un « *sujet-vedette chez madame Reine* ».

Ce qui l'est un peu moins est l'intermède, entre les deux épisodes, lorsque l'oncle de la mariée et l'un de ses employés vont tirer à la mitraillette et se battre aux poings dans une masure transformée en distillerie clandestine Il est rare de commettre deux assassinats entre le passage devant monsieur le maire et celui devant monsieur le curé.

Mais revenons aux préparatifs.

Il est probable que la cérémonie civile ait déjà eu lieu. Dans ces années d'avant 68, la France très christianisée considérait encore le mariage à la mairie comme une formalité, seule la cérémonie religieuse se voyant conférer un caractère sacré et spectaculaire Pourtant, Fernand appelle encore Patricia « mademoiselle » quand il la désigne à Jean À moins que la cérémonie à la mairie ait lieu pendant le carnage chez Théo. Mystère.

La jaquette de l'oncle de la mariée

Dans l'un des salons de la villa de Rueil, nous croisons un tailleur interprété par Philippe Castelli, né en 1926, décédé en 2006, que nous verrons également dans *Les Barbouzes*. L'acteur n'est pas encore très connu ; il enchaîne les figurations et les rôles très brefs, mettant en valeur sa personnalité particulière de grand lymphatique pince-sans-rire. Il ne connut la gloire que quelques années plus tard lorsque Philippe Bouvard l'engagea presque à demeure dans la troupe des Grosses Têtes.

Dans *Les Tontons flingueurs*, il interprète donc le rôle d'un tailleur. « *Ah ! parfait, absolument parfait, et pourtant, une jaquette, c'est difficile à porter ! Monsieur la porte à ravir, monsieur a une morphologie de diplomate…* » Cette jaquette a une histoire. Odette Ventura, dans son livre de souvenirs, raconte que son mari avait de bonnes raisons de pouvoir se sentir à l'aise dans la peau de Fernand Naudin le jour du mariage de sa nièce. « *Dans* Les Tontons flingueurs, *Lino n'eut aucun mal à jouer son rôle de père adoptif perturbé par les projets conjugaux de sa fille ; Milène, notre fille aînée, 17 ans et demi, venait de nous annoncer son désir de se marier. Lino n'avait pas prévu que la séparation arriverait aussi vite. Un père n'est jamais prêt à donner sa fille... L'avenir montrera que Milène avait fait un bon choix !* » Milène épousa Claude Lasserre, le fils du créateur du restaurant Lasserre. Il avait neuf ans de plus qu'elle. Tous deux trouvèrent malheureusement la mort, brutalement, dans un accident d'avion en 1998 au-dessus des côtes landaises.

> *Lino n'avait pas prévu que la séparation arriverait aussi vite. Un père n'est jamais prêt à donner sa fille...*

Odette Ventura poursuit en nous donnant une information essentielle : « *Le même frac lui servit pour le film et pour la cérémonie de mariage de sa fille.* » Des photos de la cérémonie en témoignent. Lino, au bras de sa fille, est effectivement vêtu de pied en cape comme Fernand Naudin. Cependant, le véritable mariage de la fille de Lino n'eut lieu que deux ans après celui de sa nièce de cinéma.

La photo

Le photographe qui réalise le cliché souvenir des deux futurs mariés se nomme également Castelli. Jean-Louis

Castelli, qui fut un temps caméraman, est surtout l'un des photographes de plateau les plus souvent mis à contribution durant les années 1960. George Lautner, en lui confiant de jouer presque son propre rôle, lui permet d'apparaître à l'écran. On peut également l'apercevoir dans *Pas de problème !* et dans *Les vécés étaient fermés de l'intérieur*.

Jean-Louis Castelli a immortalisé les photos de tournage de *Ascenseur pour l'échafaud*, *Les Yeux sans visage*, *Taxi*, *Roulotte et Corrida*, *Le Journal d'une femme de chambre*, *Le gendarme se marie*, *La Boum* et quelques dizaines d'autres films, dont *Les Barbouzes*.

 ## Les cadeaux

De nombreux cadeaux attendent les jeunes mariés. L'un d'entre eux semble attirer l'attention du maître d'hôtel. « *C'est pas du toc ?* » s'inquiète Fernand Naudin. Jean le rassure en lui affirmant qu'il s'agit de Vieux Paris. « *La porcelaine de Paris, plus communément appelée "Vieux Paris" par les antiquaires, est une porcelaine à pâte dure, d'un blanc pur, laiteux, très brillant, décorée par peinture et très souvent par or.* » C'est donc de la vaisselle luxueuse…

 ## L'église

L'église Saint-Germain-de-Charonne, qui domine le quartier Saint-Blaise, est devenue grâce aux *Tontons flingueurs* l'une des plus célèbres de Paris. Elle se trouve dans le quartier aujourd'hui très branché de la rue de Bagnolet,

à deux pas de l'hôtel Mama Shelter (dont le design a été conçu par Philippe Starck, et la cuisine, imaginée par Alain Senderens) et du célèbre café de la Flèche d'Or, installé dans une ancienne gare du chemin de fer de la Petite Ceinture.

Cette petite église du XIIe siècle offre un décor presque campagnard en plein Paris. C'est l'une des deux seules églises de la capitale qui soient encore entourées de leur cimetière. Michel Audiard, dont on connaît les goûts pour la littérature et pour les écrivains flamboyants, est peut-être responsable du choix de Saint-Germain. Le cimetière est une véritable nécropole vouée à la littérature d'avant-guerre. On y croise les tombes de la compagne d'André Malraux, Josette, happée par un train en 1944, et des deux fils qu'elle eut avec l'écrivain, morts tous les deux le même funeste jour de 1961 dans un accident de la route.

On y croise également la tombe de l'écrivain Maurice Bardèche, qui aurait dû se contenter d'être l'un des premiers

historiens du cinéma français, ce qui lui aurait évité de devenir l'un des théoriciens du révisionnisme et de la négation de l'existence de la Shoah. Et puis il y a son complice et coauteur de *L'Histoire du cinéma*, l'écrivain Robert Brasillach, collaborateur, condamné à mort et fusillé en 1945. Il avait longuement décrit l'endroit dans son roman *Les Sept Couleurs*, sans doute pour se préparer à sa venue. L'ensemble est dominé par une statue du père Magloire, l'un des personnages extravagants que l'on croisait à Paris durant la Révolution française et qui se prétendait le secrétaire de Robespierre.

Pourtant, le cimetière abrite encore une tombe dont la présence pourrait expliquer l'un des mystères du film, celle de l'acteur Pierre Blanchar, dont le dernier rôle à l'écran fut celui d'un militaire français néonazi, le marquis de Villemaur, organisant l'arrivée en France d'un survivant du IIIe Reich dans *Le Monocle noir...*, un film de Georges Lautner, avec Paul Meurisse dans le rôle du commandant Théobald Dromard, où l'on croisait également Bernard Blier et une partie de l'équipe technique des *Tontons*.

Ce qui expliquerait la mystérieuse apparition du monocle au pied des marches de l'église : il venait rendre une visite à la tombe de l'un de ses vieux ennemis.

 Autour de l'église, un quartier « à la Audiard »

Les abords de l'église Saint-Germain sont l'un des quartiers de Paris chers aux amateurs des films dialogués par Michel Audiard. C'est l'un des décors du *Cave se rebiffe* de Gilles Grangier en 1961 – une autre adaptation d'un roman de la trilogie de *Max le Menteur*. La rue Saint-Blaise, que l'on voit en enfilade descendre vers Paris, derrière la voiture carbonisée de l'ami Fritz, apparaît dans l'une des scènes cultes de ce film qui en compte quelques-unes… C'est un peu plus bas que le croisement avec la rue Riblette que se trouve la boutique où Jean Gabin vient rendre visite à madame Pauline (Françoise Rosay), une fleuriste spécialisée dans les mariages princiers et la vente de papier destiné à produire de la fausse monnaie.

Si la connerie se mesurait,
il servirait de mètre étalon !
Il serait à Sèvres.

Lorsque sa vendeuse quitte la boutique, on aperçoit d'ailleurs l'église Saint-Germain dans le lointain. C'est donc rue Saint-Blaise que Gabin prononce cette phrase culte : « *Si la connerie se mesurait, il servirait de mètre étalon ! Il serait à Sèvres.* »

L'imprimerie où le Cave, Maurice Biraud, va imprimer les faux florins se trouve également dans cette partie du XXe arrondissement, dans la rue du Volga, non loin également des voies du chemin de fer de la Petite Ceinture.

La scène de la cérémonie, au cours de laquelle les Tontons se retrouvent alignés à genoux sur des prie-Dieu, a été tournée à l'intérieur même de l'église. Le chant d'ouverture qui accompagne le cortège de la mariée a lui aussi été composé par le musicien Michel Magne, qui reprend le thème du film, adapté à la mode grandes orgues.

Mais combien de temps a-t-il duré, ce mariage ?

Il était annoncé pour 10 heures ; certes, Fernand Naudin s'est un peu égaré en route, mais tout de même… Lorsqu'un dernier plan nous présente la voiture incendiée de l'ami Fritz et de son complice, l'horloge de Saint-Germain annonce 6 h 30…

F comme

maître Folace

Le notaire des *Tontons*

C'est l'un des Tontons, sans doute le premier du nom. Le personnage de maître Folace, homme de loi dévoyé ou truand se faisant passer pour un honnête membre d'une profession libérale, symbolise à lui seul l'originalité des *Tontons flingueurs*.

Mais que savons-nous exactement de maître Folace ?

Ma foi, pas grand-chose. Nous ne connaissons pas son prénom, et certainement pas l'essentiel : est-il réellement notaire comme il le prétend ?

Ce personnage des *Tontons flingueurs* s'inspire de l'avocat maître Hubert qui, dans le roman *Grisbi or not grisbi* dont est adapté le film, accompagne Max le Menteur dans sa reprise des affaires du Mexicain. À y regarder de près, son rôle auprès du Mexicain est moins celui d'un notaire que celui d'un fondé de pouvoir ou d'un simple comptable. Il gère ses affaires, procède aux recouvrements des créances

> *Je la connais depuis trop longtemps. Pensez, c'est moi qui l'ai tenue sur les fonts baptismaux, alors...*

des différents employés de la société, il paye les factures, fait les comptes.

Mais son travail le plus épuisant est d'ordre domestique : il est le tuteur de Patricia. Dès l'arrivée de Fernand Naudin, il évoque ses souvenirs : « *Vous allez connaître tout ce que j'ai connu : les visites aux directrices, les mots d'excuse, les billets de renvoi...* »

C'est cette double fonction qui fait l'originalité de ce personnage assez inattendu dans l'univers du polar. Les avocats ou les hommes d'affaires de la pègre ne manquent pas dans l'histoire de la littérature et du cinéma policiers. Ils viennent régulièrement sortir leur client des griffes de la police et des juges en payant leur caution ; nous les voyons également jouer aux gestionnaires de fortunes mal acquises... Mais s'occuper de l'éducation d'une petite fille, rarement. Maître Folace est donc bien « l'autre » tonton, le seul, Jean étant assigné à son rôle d'employé de maison.

Fondé de pouvoir d'un gangster et bonne d'enfants, tel est le double rôle de maître Folace, qui a d'ailleurs des problèmes à régler dans le cadre de ses deux fonctions. Nous le voyons en grande difficulté pour faire rentrer l'argent des Volfoni, et en tout aussi grande difficulté pour éviter les dépenses « *élyséennes* » liées à « *l'éducation de la princesse* ». Il faut dire que la jeune fille s'empiffre de foie gras alsacien et de champagne avec son fiancé au lieu de faire ses devoirs. D'ailleurs, Folace avoue lui-même ses limites : « *Moi avec la petite, j'y arrive plus. C'est peut-être parce que je la connais depuis trop longtemps. Pensez, c'est moi qui l'ai tenue sur les fonts baptismaux, alors...* »

Un lourd passé

Ce rôle de quasi bon père de famille ne doit pas nous faire oublier que maître Folace est vraisemblablement lui aussi un ancien truand. Il est au service de l'organisation du Mexicain depuis une bonne vingtaine d'années – on peut s'étonner au passage qu'il ne connaisse pas Fernand Naudin, alors qu'Henri, le patron du bowling, le connaissait bel et bien…

Maître Folace, comme les autres Tontons, évoque sa jeunesse durant la scène de la cuisine. Ses souvenirs ne sont pas ceux d'un individu banal. Il a connu Jo le Trembleur, capable d'empoisonner un régiment de panzers avec son alcool frelaté, et se déclare prêt à défendre le souvenir de son ami contre les « *salisseurs de mémoire* ».

Ce ne sont pas des fréquentations pour un membre de l'Ordre des notaires.

Nous le voyons également utiliser un revolver – bizarrement équipé d'un silencieux – lors de l'attaque de Théo contre la villa. Il a bien l'air de quelqu'un qui s'en est souvent servi. C'est sans doute lui qui stocke des armes un peu partout dans la maison, dans une boîte de gâteaux dans la cuisine ou dans le coffre. Une charge notariale mène à tout, même à la fusillade.

Et puis il y a son look ! Nous le découvrons une première fois à l'aube, prenant son petit-déjeuner dans la cuisine de la villa, en peignoir. Ce ne sera qu'un épisode. D'ordinaire, le soi-disant notaire a des goûts vestimentaires bien précis. Malgré ses cheveux courts, ses petites lunettes et sa fine moustache, son feutre mou ou son imperméable, assez passe-partout, maître Folace a notoirement des allures de malfrat, avec ses bretelles de couleur voyante ou son fume-cigarette nacré…

 Francis Blanche

Maître Folace est incarné par Francis Blanche, né en juillet 1921, décédé en juillet 1974. Ce personnage très particulier de l'histoire du spectacle français avait sans doute tous les talents. Nos souvenirs le cantonnent aujourd'hui à quelques rôles – spectaculaires il est vrai – dans des films dialogués par Michel Audiard ou tournés par Jean-Pierre Mocky. Et cela suffirait pour assurer la gloire posthume de n'importe quel acteur. Francis Blanche a incarné, face à Brigitte Bardot, Papa Schultz dans *Babette s'en va-t-en guerre*, dialogué par Audiard. Ce personnage d'officier nazi cruel et ridicule lui permit de faire carrière en Italie, où des réalisateurs peu inspirés lui offrirent, à la chaîne, d'autres personnages de nazis grotesques. Il fut également le policier de la brigade des églises dans *Un drôle de paroissien* de Jean-Pierre Mocky, sorti presque en même temps que *Les Tontons*, ou celui chargé de traquer Matou le faussaire manipulateur d'identités dans *Les Compagnons de la marguerite*. Il donne à nouveau la réplique à Claude Rich.

Ses rôles dans *Les Tontons flingueurs* et *Les Barbouzes* figurent parmi les plus spectaculaires.

Michel Audiard lui a également composé un personnage burlesque de l'oncle Absalon, un scientifique dépeceur de cadavres, dans *Des pissenlits par la racine*.

Malheureusement pour le bon goût, mais pour le bonheur des amateurs de nanars, Francis Blanche a également tourné un nombre désolant de films sans queue ni tête, exploitant sans vergogne sa notoriété au service de scénarios ineptes. *Les Livreurs*, *Les Pique-assiettes*, *Les Gorilles*, *Les Bricoleurs*, souvent en duo avec Darry Cowl, mais, pire encore, des *Poussez pas grand-mère dans les cactus* ou *La Grande Mafia*, des films qui n'ont d'intérêt aujourd'hui que par sa seule présence. Le pire de ses navets étant sans conteste *Certains l'aiment froide*, avec Louis de Funès, où il jouait le rôle d'un semi-dément faisant l'avion sous la douche…

Ce qui ne doit pas faire oublier qu'il figura également dans *Belle de jour* de Luis Buñuel.

Mais Francis Blanche ne se contentait pas d'être acteur. Au cinéma, il écrivit le scénario de l'un des films les plus ébouriffants de l'histoire du cinéma : *La Grande Bouffe* de Marco Ferreri, avec Marcello Mastroianni, Michel Piccoli et Philippe Noiret. Il fut aussi l'auteur prolifique de chansons, quelques centaines, dont *Le Débit de lait, débit de l'eau* pour Charles Trenet, ou *Le Prisonnier de la tour* interprété par Édith Piaf. C'est dans le rôle d'un chanteur à voix qu'on le découvrit presque pour la première fois au cinéma dans *Ah ! les belles bacchantes !*, qui révéla également Louis de Funès et Michel Serrault.

Parallèlement à sa carrière d'acteur, Francis Blanche fut un incroyable animateur et homme de radio. Il fut le propagandiste d'un genre particulier de programme, le canular radiophonique, n'hésitant pas à appeler une fabrique d'ouvre-boîtes pour qu'on vienne à son secours ouvrir une boîte de flageolets, et pire encore… Avec son complice Pierre Dac, il créa le personnage de Furax, sorte de Fantômas burlesque, dont les aventures firent l'objet d'interminables feuilletons, loufoques et réjouissants, mis en ondes par Pierre-Arnaud de Chassy-Poulay…

Enfin, toujours avec son complice Pierre Dac, Francis Blanche fut un showman extravagant, donnant sur scène des spectacles désopilants dont le souvenir le plus étonnant reste le sketch *Le Sâr Rabindranath Duval*, parodie de numéro de divination, dont la version enregistrée dans le cadre d'une émission de la radio Europe 1 en 1967 restera dans les mémoires – les deux acteurs étant visiblement éméchés.

G comme

Grisbi

La saga qui inspira *Les Tontons*

L e scénario des *Tontons flingueurs* a été adapté de la trame générale et de quelques pages du roman *Grisbi or not grisbi* d'Albert Simonin. C'est le troisième et dernier roman d'une trilogie composée par ailleurs de *Touchez pas au grisbi !* et *Le cave se rebiffe*, dont le héros est un truand vieillissant, Max le Menteur. Les deux premiers romans de la série ont également fait l'objet d'adaptations cinématographiques devenues des classiques du cinéma policier français.

 ## La trilogie *Max le Menteur*

Touchez pas au grisbi, de Jacques Becker, sorti sur les écrans le 17 mars 1954, est le film le plus fidèle au roman de Simonin (paru l'année précédente à la Série Noire), dont il est adapté. Ce film noir, l'un des chefs-d'œuvre du genre, marque une date importante dans l'histoire du cinéma populaire français, avec le retour de Jean Gabin au premier plan et les premiers pas devant une caméra d'un sportif au physique spectaculaire, Lino Ventura. Gabin réussit à y imposer son nouveau personnage de patriarche aux cheveux blancs, dont Max le Menteur sera le prototype.

Max a commis un dernier gros coup avec son ami Riton interprété par René Dary, autre jeune premier d'avant-guerre dont le personnage était en train d'évoluer, et qui tournera par la suite de nombreux rôles de policiers à la télévision. Malheureusement, Riton s'est vanté de la réussite du hold-up auprès de sa trop jeune petite amie, une prostituée interprétée par Jeanne Moreau.

Celle-ci en parle à son tour à Angelo (Lino Ventura), et le drame se noue. Il se terminera en bain de sang après un dernier combat entre les bandes rivales.

La distribution du film, outre Lino Ventura, comptait une autre des vedettes des *Tontons*, Dominique Davray, qui interprétait – comme souvent durant cette période de sa carrière – une jeune prostituée.

Le cave se rebiffe de Gilles Grangier, sorti sur les écrans le 27 septembre 1961, est une adaptation assez distante du second roman de la trilogie paru en 1954. Le personnage central de Max le Menteur disparaît ; reste le Dabe interprété par Jean Gabin.

*Le Dabe, abstraction faite de
sa voix de sirène qui enjolivait
toujours un peu les choses,
c'était l'homme sûr.*

« *Le Dabe,* écrivait Albert Simonin, *abstraction faite de sa voix de sirène qui enjolivait toujours un peu les choses, c'était l'homme sûr. Pas plus pour l'accepter que pour la rejeter, son offre ne pouvait se prendre à la légère. D'autant que des associations, on lui en avait pas connu lerche. Les rares dont j'avais souvenir, et ça remontait loin, ça avait été des chevilles solides avec des hommes de classe, et tous y avaient trouvé leur compte…* » Reste également l'histoire de faux billets. Michel Audiard, Gilles Grangier et Albert Simonin brodèrent autour du trio de malfrats composé de Charles Lepicard, ancien patron de maison close, du banquier du milieu Lucas Malvoisin, et du grand con, le bellâtre Éric Masson.

Bernard Blier et Robert Dalban sont les seuls acteurs de la distribution du *Cave* que l'on retrouvera dans *Les Tontons flingueurs*.

Troisième épisode de la saga de Max le Menteur, *Grisbi or not grisbi*, publié en 1955 dans la Série Noire, se voit lui aussi remanié par les scénaristes des *Tontons flingueurs*. Contrairement à une légende bien installée, ce n'est pas celui des trois épisodes qui a été le plus considérablement transformé. Des personnages changent de nom, des rôles sont échangés, Max le Menteur disparaît une fois de plus, d'autres comme la petite Patricia et son fiancé Antoine apparaîtront plus tard, les lieux sont différents..., mais le cadre général de l'intrigue reste le même.

Du *Grisbi* aux *Tontons*

Un truand à l'agonie appelle à son chevet l'un de ses anciens complices en lui envoyant un télégramme : « *Rentre sans retard, dès reçu message. Te le demande en amitié. T'attends au Campico. Extrême urgence.* » Car le rendez-vous n'a plus lieu dans un bowling des Champs-Élysées, mais dans une boîte de nuit de Pigalle. Max le débonnaire est attendu. « *De son rade, Henri, le premier barman, qui connaissait son monde, a retapissé ma frime à 10 mètres...* » Nous retrouverons brièvement Henri dans *Les Tontons* ; ce sera la première victime de l'hécatombe.

Le barman annonce la nouvelle à Max : « *Fernand le Mexicain est là !* » « *Fernand le Mexicain à Paris, en plein cœur de Montmartre, ça me semblait monumental.* » Notons déjà que les personnages changent de nom. Max s'appelle Fernand

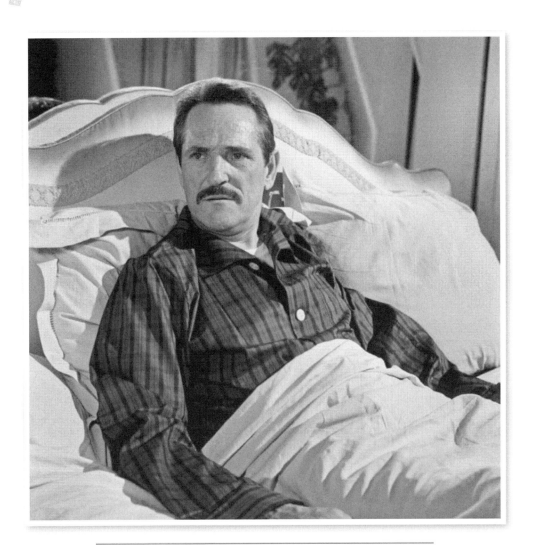

Il n'est pas beau à voir dans son
pyjama de soie verte qui lui godillait
de partout sur le corps et dont les
reflets lui blêmissaient encore le teint.

tandis que le Mexicain sera rebaptisé Louis. Le voici, il n'est « *pas beau à voir, adossé à ses oreillers, dans son pyjama de soie verte qui lui godillait de partout sur le corps et dont les reflets lui blêmissaient encore le teint* ». Pendant les premières pages de *Grisbi or not grisbi*, un amateur des *Tontons* est presque en terrain connu. Il y a le docteur, sans doute un habitué de la pègre : « *Je l'ai bien vu, ce toubib, et c'était le brave homme sûr, charger sa seringue, le dos tourné à Fernand. De deux ampoules qu'il s'est garni, des mastards : un régal pour une dizaine de camés au moins…* » Le Mexicain lui donne lui-même « *une liasse de billets de dix mille* ».

Les nuances vont vite apparaître. L'héritage du Mexicain a perdu de son ampleur. « *C'est rapport à ses deux parties, que Fernand est inquiet… Le reste de son pognon et le Campico* [une boîte de Pigalle], *il les a légués à Loulou* [une prostituée, sa copine], *chez le notaire, mais pour la roulette de Courcelles et la partie de la péniche, qui voient le jour ni l'une ni l'autre, il se fait du mouron…* » Nous y voilà : Max et son ami Pierrot vont hériter des deux tripots, mais uniquement ! Le Mexicain annonce la nouvelle à l'assemblée. « *Loulou a enquillé la première. Derrière elle venaient les Volfoni, Paul et Raoul, deux frangins, puis un gonze que j'avais jamais vu, tout de noir sapé…* »

Suivent encore quelques truands aux noms exotiques : Arthur le Bombé, René de Nanterre et Félix la Perruque. Tout ce beau monde a disparu dans l'adaptation cinématographique. Le Mexicain annonce sa décision, ce qui fait réagir l'assistance : « — *Tu m'avais promis de m'en parler en premier, Fernand ! Raoul Volfoni, le plus volumineux des deux frangins, venait de s'avancer de deux pas vers le lit, faisant dans le silence geindre le parquet sous son poids… — Salut, Raoul !* »

Le Mexicain, à l'agonie, rejette l'objection. La scène s'achève comme dans *Les Tontons*. Le Mexicain demande qu'on ouvre la fenêtre et que Max lui raconte ce qui se passe dans la rue : « *Dis-moi ce que tu vois. — Qu'est-ce que tu veux que je te dise ? — Tout ce que tu vois dans la rue…* »

Après cette scène d'introduction, le scénario du film s'éloigne peu à peu du roman. Nous voyons encore les Volfoni tenter de racheter ; ils argumentent : « *Parce que les flambes, c'est un métier que vous ignorez… C'est pas aussi facile que vous pouvez le croire.* » Puis Max est appelé au bar ; on lui signale des troubles rue de Courcelles. Max s'y rend avec Pascal. Autre décor, moins champêtre que celui de la petite ferme, autre type de braquage.

Nous visitons ensuite la seconde « partie » composant l'héritage. « *Sur cette péniche, on enquillait pas aussi facilement que dans un moulin. Le mataf préposé à la réception de la clientèle a mis un bout de temps à paraître, puis un bon moment encore lui a été nécessaire avant qu'il ne reconnaisse la voix de Pascal…* » Max y retrouve Tomate, « *un pote d'enfance* ». Ce qui explique au passage le mystérieux patronyme de ce personnage des *Tontons*.

Plus l'action du roman progresse et moins, semble-t-il, elle a inspiré Lautner et Albert Simonin, qui abandonne peu à peu la trame de son propre roman. Quelques épisodes sont conservés pourtant. Pascal, le garde du corps, et celui des Volfoni sont cousins.

Pascal donne sa démission : « *Depuis cette nuit, on est contre les Volfoni… Et Tonio* [le cousin] *est première gâchette chez eux depuis deux ans… Vous comprenez ?* »

Au bout du compte, la structure du roman est globalement conservée : un personnage se voit confier par un truand mourant la gestion de ses affaires, ce qui agace ceux de ses anciens associés – les Volfoni –, qui pensaient en être les héritiers naturels. Seulement, dans *Grisbi or not grisbi* de Simonin, ce sont bel et bien eux, les ennemis, et de la pire espèce. D'ailleurs, Raoul Volfoni le paie de sa vie.

Quelques personnages, quelques situations ont également échappé à l'adaptation : maître Folace n'apparaît pas dans le roman, mais le Mexicain a un homme de loi, maître Hubert, qui accompagne parfois Max.

Pascal est déjà le garde du corps du patron, et son cousin travaille chez les Volfoni, qui se révèlent plus dangereux dans le roman que dans son adaptation. Nous croisons encore Tomate… et puis c'est à peu près tout. Quant aux décors, celui qui a le plus inspiré les adaptateurs est sans doute la péniche, qui apparaît aussi souvent dans le roman que dans le film. Nous apprenons même qu'elle est équipée d'une fausse passerelle se terminant « *au-dessus de la baille* », un équipement qui permet à Pascal de flinguer sans problème deux voyous tombés à l'eau.

La transformation la plus radicale apportée au roman tient à l'apparition de la fille du Mexicain et à la nécessité de mener de front son éducation et les affaires délictueuses composant son héritage. L'histoire de truands imaginée par Albert Simonin dans son roman devient la toile de fond d'une autre histoire, celle d'une famille un peu particulière, composée de vieux voyous tuteurs d'une jeune fille fantasque évoluant dans la bourgeoisie de l'ouest parisien, et bien décidée à se marier avec un garçon original, mais bien élevé.

Albert Simonin

Albert Simonin, écrivain et scénariste, né à Paris le 18 avril 1905, décédé le 15 février 1980, fut l'un des maîtres du roman policier français des années 1950.

Dans *Confessions d'un enfant de La Chapelle*, publié en 1977, il raconte son adolescence passée dans un quartier encadré par les voies ferrées, autour de son lieu de naissance, au 73, rue Riquet. Par la suite, il enchaîna des professions diverses et variées, il travailla dans une usine de perles (comme Édith

Piaf), fut chauffeur de taxi – une expérience qu'il raconta dans l'un de ses livres – puis, comme Michel Audiard, il entre dans la presse écrite. Il est chargé d'une rubrique sportive dans le grand quotidien *L'Intransigeant*. Il fait également découvrir les dessous de la vie secrète parisienne à ses lecteurs dans une série de reportages donnés à *Détective*…

Le problème, c'est la suite. Durant l'Occupation, Albert Simonin travaille comme secrétaire de rédaction au *Centre d'action et de documentation*, un organisme de propagande antisémite et antimaçonnique financé par l'occupant et créé par Henri Coston, condamné à la Libération pour collaboration. Il n'en reste pas là, écrivant avec Coston une brochure intitulée *Le Bourrage de crâne* où on peut lire en conclusion cette phrase terrible : « *Les Juifs ont été, par une sage mesure, éliminés de la presse ; les maçons devraient l'être en principe. Qui pourrait affirmer que ces glissants personnages ont complètement disparu des administrations et des rédactions des journaux ?* »

Albert Simonin fut condamné à la Libération à de la prison ferme, puis amnistié en 1954, alors même qu'il s'était lancé dans la rédaction de la trilogie de *Max le Menteur*.

Le Chateaubriand de l'argot

Son œuvre se compose principalement de la trilogie de *Max le Menteur* et de la trilogie du *Hotu*, l'histoire d'un petit proxénète de Pigalle durant les années 1920. Albert Simonin fut le premier en France à introduire l'argot dans le texte de ses romans, où le dialogue tient une place importante. Il a fait l'apprentissage de la langue verte dès l'enfance, mais n'a fréquenté réellement la pègre qu'en curieux et en observateur attentif.

Sa connaissance de la langue des voyous le conduit à rédiger et publier en 1957 *Le Petit Simonin illustré, dictionnaire d'usage*, illustré par Paul Grimault. En 1968, il fut réédité sans les illustrations sous le titre *Le Petit Simonin illustré par l'exemple.* Par la suite, après avoir fait découvrir leur langue, Simonin décrivit les mœurs des gangsters dans deux ouvrages : *Lettre ouverte aux voyous* et *Le Savoir-vivre chez les truands.*

L'œuvre romanesque d'Albert Simonin

Albert Simonin a beaucoup écrit – des dictionnaires d'argot, des livres sur les truands, mais somme toute peu de romans noirs.

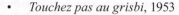

- *Touchez pas au grisbi*, 1953
- *Le cave se rebiffe*, 1954
- *Grisbi or not grisbi*, 1955
- *Une balle dans le canon*, 1958
- *Du mouron pour les petits oiseaux*, 1960
- *Le Hotu, chronique de la vie d'un demi-sel, première époque*, 1968
- *Le Hotu s'affranchit, chronique de la vie d'un demi-sel, deuxième époque*, 1969
- *Hotu soit qui mal y pense, chronique de la vie d'un demi-sel, troisième époque*, 1971
- *L'Élégant*, 1973

Au cinéma

En dehors de l'adaptation de ses propres romans – *Touchez pas au grisbi*, *Le cave se rebiffe*, *Les Tontons flingueurs*, ou *Du mouron pour les petits oiseaux* –, Simonin a participé aux scénarios d'une vingtaine de films, dont quelques grands succès populaires : *Courte Tête* de Norbert Carbonnaux, *Les Aventures d'Arsène Lupin* de Jacques Becker, *Mélodie en sous-sol* d'Henri Verneuil, *Le Gentleman d'Epsom* de Gilles Grangier, *Les Barbouzes* de Georges Lautner, *Une souris chez les hommes* de Jacques Poitrenaud, *Quand passent les faisans* d'Édouard Molinaro, *La Métamorphose des cloportes* de Pierre Granier-Deferre, *Les Bons Vivants* de Gilles Grangier et *Le Pacha* de Georges Lautner.

Il a également participé aux scénarios de séries télévisées comme *Les Évasions célèbres* et *Arsène Lupin*, avec Georges Descrières, dont il a écrit en 1973-1974 le texte des épisodes directement adaptés des œuvres de Maurice Leblanc.

H comme

Hécatombe

Crimes en série chez les Tontons

Les Tontons flingueurs est un film comique, c'est indéniable, on rit beaucoup, presque tout le temps. C'est pourtant aussi un film dramatique, où l'on meurt presque autant qu'on rit.

Mais que fait la police ?

L'absence quasi totale de réaction policière est un véritable mystère. Car, résumons-nous : durant les quelques semaines que dure l'action des *Tontons flingueurs*, de l'arrivée de Fernand Naudin à Paris au mariage de Patricia avec le jeune Antoine Delafoy, ce ne sont pas moins de sept morts violentes – l'une d'entre elles étant causée par un attentat à la bombe en plein Paris, ça doit se remarquer – et un attentat à la mitrailleuse qui ensanglantent la région parisienne.

Pourtant, la police n'aurait sans doute pas eu à chercher beaucoup pour découvrir les coupables de ces crimes.

1. Henri, le barman, tué par Théo

Le barman du bowling est la première victime de cette hécatombe. Théo l'a assassiné pour faire taire un témoin qui aurait pu véritablement dire qui avait donné le coup de téléphone attirant Fernand Naudin et Pascal dans un guet-apens.

Henri était visiblement l'un des plus anciens collaborateurs du Mexicain – depuis plus de 15 ans – et c'est notoirement le seul qui ait connu Fernand Naudin lorsqu'il faisait partie de la bande. C'est également lui qui a été chargé par Louis d'envoyer le télégramme déclenchant toute l'histoire…

Nous ne savons pas réellement quelle est la cause de sa mort, mais nous découvrons à l'occasion qu'il travaillait en pantoufles, des charentaises…

C'est le seul des meurtres qui a intéressé la police que nous voyons affairée autour de son cadavre allongé.

Paul Mercey

Henri est interprété par l'un des grands seconds rôles du cinéma français, Paul Mercey, né à Belgrade, en Serbie, le 10 janvier 1923. Ce personnage rondouillard débuta au cinéma au début des années 1950 en enchaînant les petits rôles et les figurations.

On l'aperçoit aux côtés de Louis de Funès et Jean Carmet, également débutants, dans *Monsieur Leguignon lampiste* ; il est gendarme, client d'un hôtel, barman… Peu à peu, sa silhouette s'impose. Il donne la réplique à Jean Gabin dans *Archimède le clochard* ou *Les Vieux de la vieille*, et déjà à Lino

Ventura dans *125, rue Montmartre*. Au début des années 1980, il sera le curé organisant un concours de grimaces hilarant avec Louis de Funès dans *Le Gendarme en balade*.

Mais surtout Paul Mercey fut l'ami et le partenaire de Jean Yanne. Il apparaît dans leurs deux célèbres sketchs, *Les Routiers mélomanes* ou *L'Accident de chars (à Rome)*. Par la suite, lorsque Jean Yanne se tourne vers la mise en scène, Paul Mercey apparaît dans tous ses films à partir de *Moi y'en a vouloir des sous* et jusqu'à *Liberté, égalité, choucroute*, où il incarne le chef des sans-culottes.

2 et 3. Le tueur à la Buick et son chauffeur, tués par Pascal

Fernand Naudin et Pascal sont donc attirés dans le parc de la Petite Ferme. Un homme de main installé à l'arrière d'une Buick tente de les abattre d'une rafale de mitraillette.

Il y a de moins en moins de techniciens pour le combat à pied. L'esprit fantassin n'existe plus ; c'est un tort...

Mais Pascal est le plus efficace ; il réussit à tuer le mitrailleur d'abord, le conducteur ensuite. La Buick désemparée se retrouve sur le toit. Georges Lautner avoua que son budget étriqué l'empêchait d'envisager une véritable cascade. La chute de la Buick est donc suggérée à l'aide d'un ensemble de plans fixes montés rapidement. Seule la cabriole finale de la Buick suggère réellement l'accident fatal.

Pascal commente son exploit : « *À l'affût sous les arbres, ils auraient eu leur chance, seulement de nos jours il y a de moins en moins de techniciens pour le combat à pied. L'esprit fantassin n'existe plus ; c'est un tort…* » Ce dont Fernand Naudin n'est pas complètement certain : « *Ouais, n'empêche qu'à la retraite de Russie, c'est les mecs qu'étaient à la traîne qu'ont été repassés.* »

Jean Luisi

Le tueur à peine entrevu est interprété par le comédien Jean Luisi, né en Corse en septembre 1926. C'est d'ailleurs en Corse qu'il fit la connaissance de Georges Lautner et tourna une première fois avec lui dans *L'Œil du monocle*.

Il tourna ensuite régulièrement dans ses films : *Fleur d'oseille*, *Le Pacha*, jusqu'à *Attention, une femme peut en cacher une autre !* ou *La Vie dissolue de Gérard Floque* en 1987. Enchaînant les petits rôles, il fait également des apparitions remarquées dans des films érotiques soft comme l'inénarrable *Arrière-train sifflera trois fois*. À la fin de sa vie, Jean Luisi fut l'un des amis intimes de Jacques Dutronc, également rencontré en Corse.

Il faisait partie de la bande de joyeux drilles qui jouaient du balai sur scène lors de ses concerts des années 1980.

4. Tomate, torturé et tué par Pascal et Bastien

Tomate a le malheur de se trouver dans la distillerie clandestine alors que Pascal et son cousin Bastien sont envoyés en reconnaissance pour y interroger Théo. C'est la seule scène un peu désagréable de ce film par ailleurs assez léger. Les deux hommes de main ont notoirement torturé à mort le pauvre Tomate, et ça les fait rire ; ils s'esclaffent au téléphone pour raconter leur exploit…

Les éclats de rire des deux tueurs qui viennent de commettre un sale boulot nous laissent un goût amer. Ces deux cousins-là, dans l'exercice de leur « *numéro de siamois* », ne nous laissent alors aucun doute : ils sont de véritables

brutes. Nous retrouverons Tomate lorsque nous découvrirons « *l'organisation du Mexicain* », dont il est un rouage essentiel.

 ## 5. Freddy, tué par Fernand Naudin

Freddy est un homme de main, un personnage sans importance. Lorsqu'il fait des projets de grandeur, Théo le range dans la catégorie vague des collaborateurs de second ordre « *et Cie* »...

Il a l'immense honneur de recevoir un bourre-pif de la part de Fernand Naudin dès leur première rencontre.

Freddy est tué d'un vigoureux coup de poing lors de la scène finale dans l'usine désaffectée où Théo produit de

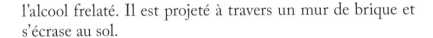

l'alcool frelaté. Il est projeté à travers un mur de brique et s'écrase au sol.

Henri Cogan

Lino Ventura et Henri Cogan, qui incarne Freddy, se connaissaient de très longue date et n'en étaient pas à leur première bagarre. Ils s'étaient rencontrés durant les années 1940 et avaient mené ensemble une carrière de catcheurs. Cogan est indirectement la cause de la reconversion de Lino Ventura ! C'est au cours d'un combat amical qu'il brisa accidentellement la jambe de Lino, mettant un terme à sa carrière. L'accident eut lieu le 31 mars 1950 sur la piste du cirque d'Hiver où se dressait un ring. Selon la légende du film, Lino Ventura aurait, au cours du tournage, donné un véritable coup de poing à son ami de 20 ans en ponctuant le choc, d'un « *Tiens, ça c'est pour ma jambe* ».

Par la suite, Cogan, né à Paris en 1914 dans une famille d'origine russe, se reconvertit dans l'organisation de cascades pour le cinéma.

Il fait également de la figuration, puis incarne de petits rôles dans des comédies policières françaises : *Pas de pitié pour les caves, Méfiez-vous des fillettes, Le Grand Bluff…* Il tourne très tôt avec Georges Lautner dans *Marche ou crève*, le deuxième film du réalisateur.

6. Vincent, brûlé vif par Pascal et Bastien

Vincent, l'ami de cœur de Théo, n'échappe pas au massacre. C'est lui qui connaît la mort la plus horrible. Pascal et Bastien font exploser les bidons d'essence qui se trouvent à ses côtés.

C'est d'autant plus cruel qu'il n'est pas vraiment un membre de la bande, tout au plus le petit ami du chef.

7. Théo, tué par Pascal et Bastien

Le dernier meurtre de cette terrible série se déroule devant l'église ; sa victime l'aura bien cherché. Théo, survivant de l'hécatombe, s'apprête à mitrailler les paisibles participants à la cérémonie d'un mariage bourgeois. Pascal et Bastien, qui ont toujours un peu de dynamite sous la main, lui règlent son compte. C'est un peu bruyant, et polluant, mais l'ennemi est désormais vaincu.

Cela dit, ce dernier crime spectaculaire fut sans doute le plus facile à maquiller en une espèce d'accident. Quelques mois plus tôt, l'OAS avait encore l'habitude de semer ses bombes dans Paris. La mort de Théo pouvait passer pour une sorte de réplique tardive aux événements.

Nous retrouverons le curriculum vitæ de Théo lorsque nous décrirons le fonctionnement de la bande du Mexicain.

Il faudrait peut-être ajouter à cette liste Léon le marin, jeté à l'eau, en grand danger de se noyer, mais une scène du film, non retenue au montage, le présentait recevant un second gnon de la part de Fernand Naudin, lors de sa visite après l'attentat de Fontainebleau. Il a donc échappé à la noyade.

Récapitulons

Voyons les scores. Qui a sur la conscience le plus grand nombre de victimes ?

- Victime de Théo et sa bande : une

Leurs autres tentatives de meurtre sont des fiascos. Fernand Naudin échappe à l'attentat perpétré contre sa camionnette, et les Volfoni se tirent avec quelques blessures d'une tentative de mitraillage.

- Victimes des Tontons : six

Pascal faisant le plus gros du travail.

- Victimes des Volfoni : zéro

Eh oui, ce n'est pas juste, les Volfoni n'ont rien fait !

Sinon, une tentative avortée de « *dispersion façon puzzle* »… Et pourtant, dans l'esprit des spectateurs, les gentils de l'histoire, ce sont les Tontons, Fernand et maître Folace, alors qu'ils ont commandité ou commis six crimes sur sept, dont quelques horreurs…

Un dernier détail : comment choisir l'arme idéale pour perpétrer ce genre de massacres ? Suivons les conseils de Pascal qui suggère d'utiliser « *le petit dernier de chez Beretta. J'te le conseille pour le combat de près, et puis pour les coups à travers la poche, ou le métro ou l'autobus. Mais, note bien, faut en avoir l'usage, sans ça, au prix actuel, on l'amortit pas* ».

I comme

Indochine

Raoul Volfoni, buvant un verre de « bizarre », a soudain un flash, une réminiscence : « *Tu sais pas ce qu'il me rappelle ? C't'espèce de drôlerie qu'on buvait dans une petite taule de Biên Hoa, pas tellement loin de Saigon. "Les volets rouges"... et la taulière, une blonde comac... Comment qu'elle s'appelait, nom de Dieu ?* »

Elle s'appelait Lulu la Nantaise, et Fernand Naudin l'a bien connue aussi…

Les Tontons ont donc un lourd passé colonial. Ils ont vraisemblablement vécu une partie de leur jeunesse au Viêt-Nam, comme quelques milliers de leurs semblables. Il y eut bel et bien des établissements du type des « volets rouges » autour de Saigon. Les histoires de la prostitution sont formelles. Dès les débuts de la présence française, les prosti-tuées prolifèrent. L'historienne Isabelle Tracol-Huynh écrit : « *Avec la colonisation, la prostitution prend une nouvelle ampleur* et se développe spontanément près des casernements, les militaires étant une excellente clientèle puisque ce sont des hommes jeunes, souvent célibataires et ayant de l'argent de façon régulière grâce à leur solde. »

Le passé colonial des Tontons

Il se trouve justement que la ville de Biên Hoa, la capitale de la province de Dông Nai, abrita une base aérienne française durant la guerre d'Indochine.

Les colonisateurs sont éloignés des instances morales traditionnelles, Église et famille principalement. Un lieu où tout est possible, notamment les relations amoureuses…

Mais les militaires n'étaient pas les seuls clients potentiels des prostituées. Isabelle Tracol-Huynh le rappelle encore : « *Les colonisateurs sont donc des hommes jeunes, célibataires pour la plupart et présents dans la colonie pour un temps donné. Le Viêt-Nam est loin de la métropole et de ce fait les colonisateurs sont éloignés des instances morales traditionnelles, Église et famille principalement. Ils vivent dans ce que Foucault a appelé une* hétérotopie*, c'est-à-dire un lieu différent, le lieu de tous les possibles, le lieu où tout est possible, notamment les relations amoureuses…* » Il peut apparaître étonnant de faire appel à l'œuvre du philosophe Michel Foucault pour commenter *Les Tontons flingueurs*, mais il se trouve que Michel Audiard en était un lecteur assidu et attentif, comme il le déclara lors d'une interview avec Jacques Chancel.

Bref, les bordels proliféraient. Les prostituées étaient presque essentiellement originaires du Viêt-Nam. Une célèbre chanson, *La Tonkinoise*, disait très clairement que le pays était « *le paradis des petites femmes* ».

L'historien Michel Bodin, dans un document intitulé *Les Plaisirs du soldat*, raconte également : « *La vie difficile, l'attrait de l'argent facile multiplièrent le nombre des filles de joie. Chaque militaire avait donc d'innombrables possibilités de rencontrer l'amour vénal. Beaucoup le découvrirent dès les premiers jours de leur séjour. Il était de tradition que le premier soir de liberté à Saigon soit consacré à une virée à Cholon, où se côtoyaient tous les lieux de plaisir imaginables : restaurants bon marché, dancings aux cavalières payées à la danse ou à l'heure, mais qui acceptaient souvent d'autres services, pensionnaires des maisons de tolérance, filles publiques indépendantes, jeunes garçons parfois…* »

Les harems de l'Occident

Deux historiens affirmaient par ailleurs que « *les colonies avaient été les harems de l'Occident* ». Lulu la Nantaise faisait vraisemblablement partie de ces tenancières de harem, transposant l'univers des bordels métropolitains dans la banlieue de Saigon. Son établissement appartient certainement à la catégorie « maison de tolérance ». Nous avons les descriptions de quelques-unes de ces maisons : « *Le plus grand bordel de Saigon, qui s'appelait le Parc à autruches, bénéficiait de la protection française. Il comportait deux classes, l'une pour les hommes de troupe et l'autre exclusivement réservée aux officiers. Mais, à la suite d'un accord passé aves les autorités, les marins et soldats américains en séjour à Saigon eurent bientôt droit à la classe des officiers français.* »

> *Le plus grand bordel de Saigon, qui s'appelait le Parc à autruches, bénéficiait de la protection française. Il comportait deux classes, l'une pour les hommes de troupe et l'autre exclusivement réservée aux officiers.*

De nombreux truands de métropole s'étaient également exportés pour organiser à leur profit les trafics que permettaient la situation coloniale et la présence de militaires.

Dans ses souvenirs, André Calvès, un militaire installé en Indochine, raconte : « *Il existe des lettres d'un général en chef demandant au ministre de la Défense nationale de ne plus fermer les yeux sur les casiers judiciaires des rengagés spéciaux "Extrême-Orient", et de ne plus lui expédier des repris de justice, non pas au nom de la morale et la civilisation, mais parce que les truands continuent leur activité en Indochine…* »

Fernand Naudin, dont nous connaissons le passé militaire grâce à son allusion aux chars Patton, pourrait faire partie de ces soldats passant du conflit mondial à l'Indochine. Mais ça ne colle pas : selon ses dires, Fernand n'a plus de contacts avec le Mexicain depuis 15 ans, soit 1948. Il s'y installa plus vraisemblablement dans le cadre de son activité de truand et s'enrichit grâce à la présence des militaires, l'Indochine étant le point de départ de nombreux trafics.

Disons qu'il était de passage chez Lulu la Nantaise en camarade…

J comme

le Jeu

Activité professionnelle des Tontons

L'une des activités clandestines de l'organisation du Mexicain est le jeu.

Albert Simonin, dans le roman *Grisbi or not grisbi*, dont est peu scrupuleusement adapté le film de Georges Lautner, attribue au Mexicain deux « parties » clandestines : l'une rue de Courcelles, l'autre sur une péniche. Dans *Les Tontons*, la première s'est installée à la Petite Ferme, en l'occurrence une maison entourée d'un grand parc à Saint-Nom-la-Bretèche, louée le temps du tournage.

La loi du 15 juin 1907 organise le jeu dans les cercles et les casinos. Aujourd'hui, l'implantation des casinos « *est réservée aux stations balnéaires, thermales et climatiques, ainsi qu'aux villes touristiques de plus de 500 000 habitants disposant d'un centre dramatique national* ». Ce qui n'est évidemment pas le cas des communes où se sont installées les entreprises du Mexicain. Par ailleurs, ni Tomate ni les Volfoni n'ont vraisemblablement d'autorisation pour exercer « *une profession réglementée placée sous la double tutelle du ministère de l'Intérieur et du ministère chargé du budget* ». Ou alors, c'est que l'administration était bien généreuse en 1963.

La loi de 1907 a été modifiée depuis, mais c'était celle en vigueur en 1963. Le jeu clandestin est une grande tradition de l'univers des truands. De la prohibition aux États-Unis à l'univers des boîtes de Pigalle, il y a toujours eu dans les arrière-salles de boîtes de nuit ou les sous-sols de bistrots des lieux enfumés ou des accros aux cartes, aux dés ou à la roulette flambent toute la nuit. Aujourd'hui encore, la police démantèle régulièrement des salles de jeu clandestin, équipées de machines à sous et de tables de poker.

Le Mexicain annonce immédiatement la couleur à Fernand : « *J'ai des affaires qui tournent toutes seules ; maître Folace, mon notaire, t'expliquera. Bah, tu sais combien ça laisse, une roulette ? 60 % de velours.* » Fernand Naudin, moins enthousiaste, remarque : « *Et sur le plan des emmerdements, 36 fois la mise.* »

 ## La Petite Ferme

Nous ne savons pas grand-chose de cet établissement qui doit sans doute être dévolu aux parties de poker ou de baccara. Lorsque Fernand Naudin et Pascal y débarquent à la suite d'un coup de fil anonyme, le garde du corps explique la philosophie des habitués : « *D'après Tomate, ce qui passionne le joueur, c'est le tapis vert. Ce qu'il y a autour, il s'en fout, il voit même pas.* »

Nous n'en saurons guère plus. Les scènes s'y déroulant ont été tournées dans une propriété de Saint-Nom-la-Bretèche.

 ## La péniche

Elle figure déjà dans le roman d'Albert Simonin. Nous ne savons pas exactement où elle est amarrée, sans doute dans la région parisienne. Dans *Grisbi or not grisbi*, une scène de fusillade s'y déroule, qui se termine par la noyade accidentelle des malfrats venus chercher des noises à Max le Menteur. Dans *Les Tontons*, seul le marin de service à l'entrée a quelques problèmes. Il se retrouve à l'eau à la suite d'un coup de poing de Naudin. Personne ne saura jamais s'il s'en tire, car on ne le revoit pas par la suite. Comme il n'y a pas de cadavre, nous hésitons cependant à le considérer comme une victime à notre rubrique « Hécatombe »... D'autant qu'une scène du film, coupée au montage, devait le faire réapparaître pour un second plongeon.

C'est curieux, chez les marins,
ce besoin de faire des phrases.

Marcel Bernier

Ce marin est interprété par le comédien Marcel Bernier, qui exerçait par ailleurs le rôle de doublure de Lino Ventura. Bernier fut l'un des grands seconds rôles et figurants du cinéma des années 1960. On le retrouve dans des dizaines de films de cette époque, un inspecteur dans un *Maigret*,

*Plus 30 briques de moyenne par an
sur le flambe. Vous savez à combien
on arrive ? Un demi-milliard !*

un client de bistrot dans *Le rouge est mis*, un policier dans *Le cave se rebiffe*, et même un chauffeur de taxi dans *Charade* de Stanley Donen, aux côtés de Cary Grant et Audrey Hepburn. Il restera dans l'histoire du cinéma pour avoir été boxé par Lino Ventura et pour la sentence commentant sa chute : « *C'est curieux, chez les marins, ce besoin de faire des phrases.* »

Nous savons que les frères Volfoni louent la péniche au Mexicain, précisément « *à 500 sacs par mois, rien que de loyer, ça fait 6 briques par an : 90 briques en 15 ans* ». Et que de surcroît il leur fait payer une redevance : « *Plus 30 briques de moyenne par an sur le flambe. Vous savez à combien on arrive ? Un demi-milliard !* »

Les scènes intérieures de la péniche furent parmi les rares tournées en studio à Épinay. La réunion des comploteurs organisée par les Volfoni se déroule dans la partie du bateau où se trouve la table de jeu, mais on devine qu'il y a un bar dans la pièce d'à côté.

 ## Un Audiard sans tiercé...

Le plus surprenant dans les rapports entre les Tontons et le jeu n'est pas la présence de ces deux salles de jeu clandestin, mais une absence. *Les Tontons flingueurs* est un film d'Audiard sans turfiste !

Pas la moindre allusion à un tiercé gagnant, un cheval aux capacités mirifiques ou à un tuyau de première bourre. Les Tontons ne semblent pas attirés par les champs de courses, lieux de prédilection de leurs confrères les truands des années 1960.

C'est d'ailleurs autour d'une histoire de chevaux que s'étaient rencontrés Michel Audiard et Georges Lautner, lorsqu'il était l'assistant de Norbert Carbonnaux pour *Courte Tête*. Ce film décrivait les magouilles d'un escroc mondain interprété par Fernand Gravey, entouré de Jacques Duby et Louis de Funès.

Audiard écrivit quelques années plus tard un scénario assez voisin, avec Jean Gabin dans le premier rôle et toujours Louis de Funès : *Le Gentleman d'Epsom*. Encore s'agit-il de deux films particuliers dont les héros sont des spécialistes du turf.

Mais, dans l'univers d'Audiard, on rencontre également des petits joueurs, comme Maurice Biraud, à la recherche de son ticket de tiercé perdu dans *Des pissenlits par la racine*, ou Jean Gabin faisant courir des pouliches en trot attelé dans *Le cave se rebiffe…*

K comme

Kennedy et l'année 1963

L'époque des Tontons

*L*es *Tontons flingueurs* furent présentés pour la première fois au public en Allemagne le 4 octobre 1963, en France le 27 novembre 1963.

Entre ces deux dates, l'histoire de l'Amérique et du monde a été bouleversée par un événement promis à un immense retentissement : l'assassinat du président des États-Unis, John Fitzgerald Kennedy, à Dallas, le 22 novembre.

La retransmission en mondiovision des funérailles du président – un événement mis en scène de manière quasi hollywoodienne par Jackie Kennedy – avait eu lieu le 25 novembre, l'avant-veille de la sortie du film en France.

La projection du film s'en trouva évidemment marquée. Les spectateurs des salles obscures, qui ne possédaient pas de téléviseurs pour la plupart, venaient aussi au cinéma pour découvrir les actualités cinématographiques, en particulier les films de Gaumont-Actualités. C'est donc en première partie de la projection des *Tontons* que de nombreux spectateurs découvrirent les premières images de l'assassinat de Kennedy, du transport du corps et du visage du nouveau président.

Soirée de gala au Balzac, le 26 novembre 1963

À Paris, *Les Tontons flingueurs* fut présenté au public au cinéma Le Balzac, toujours en activité dans une rue perpendiculaire aux Champs-Élysées. Cette salle ouverte dès 1935, avec son hall accueillant et ses aménagements de style Art déco, était alors l'une des grandes salles de première exclusivité de la capitale. La presse et le public vinrent y découvrir des films de Jacques Becker, Henri Decoin, René Clément, Henri Verneuil, Jacques Deray, Michel Deville, Claude Chabrol, Marcel Carné, Pierre Étaix, Jacques Tati... et bien sûr de Georges Lautner.

C'est au Balzac que l'équipe projeta les premières copies de travail du film ; c'est surtout au Balzac qu'eut lieu la grande première des *Tontons flingueurs* le mardi 26 novembre 1963, en présence d'Andréa Parisy, de Paul Meurisse, André Hunebelle ou Marcel Bluwal.

Ève sans trêve

Lors de sa première présentation au public, *Les Tonton flingueurs* était précédé d'un court métrage de 13 minutes, intitulé *Ève sans trêve*, du réalisateur Serge Korber – qui allait bien plus tard faire tourner Louis de Funès –, avec en vedette le comédien Philippe Avron.

Le résumé du film en donne une assez bonne idée : « *Un jeune homme dans un café, paralysé par la timidité, imagine tous les moyens pour aborder une jeune femme en face de lui : jeu de séduction, sauvetage, combat dont il sortirait vainqueur. Ses désirs vont alors prendre forme, mais de manière totalement imprévue…* » *Ève sans trêve* était également interprété par la comédienne Gisèle Hauchecorne, qu'on allait revoir bientôt dans *La Stragale*. Le petit film de Serge Korber remporta l'année suivante le Grand Prix du court métrage au festival de Saint-Sébastien 1964 et le Grand Prix du court métrage au X Westdeutsche Kurzfilmtage…

> *Un jeune homme imagine tous les moyens pour aborder une jeune femme : jeu de séduction, sauvetage, combat dont il sortirait vainqueur.*

L'actualité des *Tontons*

Les Tontons flingueurs, comme tous les chefs-d'œuvre, a fini par devenir intemporel… Le film a 50 ans et pas une ride. Pourtant, à y regarder de plus près, il fait partie d'une époque précise : le début des années 1960 en France.

Comme souvent, ce sont les jeunes qui donnent le ton. L'image de la jeunesse vue par *Les Tontons* est terriblement datée. Il s'agit d'une jeunesse bourgeoise, voire dorée, on y rencontre des fils de contre-amiraux et des propriétaires de voiture de sport, mais c'est bien la jeunesse des années 1960. Ils dansent le twist au cours de surboum, et la scène de surprise-partie qui enveloppe la scène de la cuisine semble tout droit sortie d'une émission d'Albert Raisner ou de *Salut les copains.* Ce sont des jeunes d'avant le jean, portant encore des cravates et des mocassins.

Cette année-là, le concert de la place de la Nation, qui s'était terminé en émeute, avait fait découvrir au monde l'existence d'une nouvelle peuplade, la jeunesse, les copains, les fans de Johnny et Eddy. Pourtant, toute fille de gangster qu'elle soit, Patricia n'appartient pas à cette jeunesse agitée qui cassait tout sur son passage dans les salles de concert. Elle est beaucoup plus sage, préférant le twist aseptisé au rock violent. Sa bande est composée de fils de contre-amiraux. Ce sont surtout des jeunes gens qui envisagent assez vite de se marier pour mener sans doute la même vie que leurs parents, une jeunesse d'avant 1968…

De Gaulle et l'ORTF

Le récit des rapports entre Michel Audiard et le général de Gaulle relève de l'épopée. Audiard reprocha toute sa vie au général d'avoir fait croire que la France entière était engagée dans la Résistance à ses côtés, alors que lui, Michel Audiard, le gosse de Paris XIVᵉ, avait bien vu qu'il n'en était rien durant l'Occupation. Il ne pardonna jamais cette « imposture » au grand Charles et fut assez décontenancé lorsque le président de la République lui fit indirectement de la publicité en citant le titre de son film, *Faut pas prendre les enfants du bon Dieu pour des canards sauvages*, au cours d'une conférence de presse.

De Gaulle obsédant Audiard, il le cite souvent dans ses films.

Dans *Les Barbouzes*, il est symbolisé par une croix de Lorraine sur une publicité dans un bistrot ; De Funès, dans *Un drôle de caïd*, affirme qu'il est journaliste accrédité à l'Élysée ; Bourvil s'en moque dans *Poisson d'avril*... Dans *Les Tontons*, sa présence est plus subtile. Lorsque le Mexicain se voit reprocher par Volfoni de ne pas lui avoir parlé de ses projets, il répond : « *Exact ! J'aurais pu aussi organiser un référendum.* » Fine allusion à la manie référendaire du général, qui avait fait approuver ainsi l'autodétermination de l'Algérie et la nouvelle constitution de la Cinquième République. Maître Folace fait lui aussi une réflexion concernant très injustement de Gaulle, en lui attribuant un goût pour les dépenses excessives : « *Y a que l'éducation de la princesse, cheval, musique, peinture, etc., atteint un budget élyséen. Et y a que vos dépenses somptuaires ont presque des allures africaines.* » Paul Volfoni fait également allusion à la détente qui s'instaurait entre les blocs de l'Est et de l'Ouest et aux négociations, en souvenir récent des accords d'Évian.

La scène durant laquelle madame Mado nous éclaire également sur quelques phénomènes contemporains est très datée. Les années des débuts de la Cinquième République sont marquées par la possibilité offerte au plus grand nombre de posséder enfin une automobile, grâce en particulier à l'apparition de deux modèles à bas prix, la 2CV Citroën et la 4L Renault. Madame Mado s'en plaint : l'auto lui enlève des clients...

Mais il y a aussi la télévision... Nous apercevons un téléviseur flambant neuf dans la garçonnière d'Antoine Delafoy, mais surtout madame Mado, toujours elle, nous décrit les ravages que causent l'apparition de la télé à sa petite industrie. « *Le client qui venait en voisin : bonjour, mesdemoiselles, au revoir, madame... Au lieu de descendre après le dîner, y reste devant sa télé pour voir si, par hasard, y serait pas un peu l'homme du XXᵉ siècle !* » La phrase fait directement allusion à un jeu télévisé imaginé par Armand Jammot et présenté par Pierre Sabbagh.

Les Tontons flingueurs fait également allusion à d'autres événements de ces années-là. Lorsque Fernand Naudin débarque à la péniche et trouve les Volfoni entourés des employés du Mexicain, il lui demande : « *Qu'est-ce que t'organises ? Un concile ?* » Le pape Jean XXIII venait d'organiser le deuxième concile du Vatican, au cours duquel furent modifiées profondément la doctrine et la liturgie de l'Église catholique. Lino lit *France-Soir*, quotidien de référence, qui annonce en haut de sa une les suites de l'enquête sur l'attentat contre sa camionnette de pastis. Un autre titre de la une fait allusion à l'affaire Ben Bella.

Et puis il y a Sagan ! Patricia évoque le jeune écrivain Françoise Sagan, qui se déplaçait elle aussi pieds nus.

Le cinéma des années *Tontons*

L'année 1963 fut une année faste pour le cinéma. Et pour tous les genres de cinéma. À l'époque, les querelles opposant le cinéma d'auteur de la Nouvelle Vague au cinéma populaire étaient à leur paroxysme. Pourtant, avec le recul, il faut davantage constater que, cette année-là, le cinéma se portait bien et produisait des chefs-d'œuvre ou des films spectaculaires, parmi lesquels, il est vrai, *Les Tontons flingueurs* avaient sans doute eu un peu de mal à se distinguer.

L'année de leur sortie, en 1963, le prix Louis-Deluc récompensa *Les Parapluies de Cherbourg* de Jacques Demy, tandis que la Palme d'or du festival de Cannes allait revenir au *Guépard* de Luchino Visconti. D'autres grands cinéastes avaient produit de grands films en 1963 : David Lean avec *Lawrence d'Arabie*, Federico Fellini avec *Huit et demi*, le vénérable John Ford avec *La Taverne de l'Irlandais*, Joseph L. Mankiewicz avec *Cléopâtre*, sans oublier *La Grande Évasion* de John Sturges… Le film le plus marquant de l'année est peut-être cette histoire abracadabrante d'animaux tueurs : *Les Oiseaux* d'Alfred Hitchcock.

Au cinéma, 1963, c'est aussi l'année James Bond. Terence Young adapte pour la première fois l'une des aventures imaginées par Ian Fleming et donne un visage à l'agent 007, celui du jeune comédien écossais Sean Connery.

Bons baisers de Russie est tourné dans la foulée ; ce sont les deux premiers films d'une longue série qui perdure aujourd'hui, 50 années plus tard.

En France, Jean-Pierre Melville produit *Le Doulos*, un grand film noir avec Jean-Paul Belmondo, tandis qu'Alain Resnais, avec *Muriel, ou le temps d'un retour*, offre l'un de ses grands rôles à Delphine Seyrig. Mais il faudra attendre la fin de l'année pour découvrir l'un des chefs-d'œuvre du cinéma des années 1960, *Le Mépris*, film en couleur de Jean-Luc Godard, avec Brigitte Bardot, nue, qui demande si on aime ses fesses, ce qui est tout de même une drôle de question.

Le cinéma populaire et les comédies ne sont pas en reste. En août, les spectateurs sidérés découvrent Bourvil dans l'un de ses meilleurs rôles et des plus incongrus, le pilleur de troncs du film *Un drôle de paroissien*, où il est opposé à Francis Blanche qui incarne un inspecteur de la brigade des églises. À la fin de l'année, ils riront encore aux plaisanteries de Bourvil, jouant en duo avec Fernandel dans *La Cuisine au beurre*.

Quant à Louis de Funès, qui deviendra l'année suivante la plus grande star française grâce à trois films paraissant coup sur coup, *Le Gendarme de Saint-Tropez*, *Fantômas* et *La Grande Vadrouille*, il est déjà à l'écran en vedette dans un vaudeville enlevé, *Pouic-Pouic*, avec Jacqueline Maillan et un film à l'humour noir ravageur dialogué par Audiard, *Carambolages*, avec Jean-Claude Brialy.

L comme Georges

Lautner

Le réalisateur des *Tontons*

Georges Lautner est le réalisateur des *Tontons flin-gueurs*. Ce n'est pas le moindre de ses mérites, ce n'est pas son seul talent, mais c'est le film qui le fera entrer dans la légende du cinéma français.

Georges Lautner est né le 24 janvier 1926 à Nice. Il est le fils de la comédienne Renée Saint-Cyr et d'un aviateur, Léopold Lautner, qui mourut d'ailleurs dans un accident d'avion. Georges baigne dans l'univers du cinéma depuis sa plus tendre enfance, lorsque sa mère devient l'une des jeunes étoiles des productions d'avant-guerre. Car sa maman est une star, dont on ne connaît plus que les derniers films, ceux qu'elle tourna avec Lautner justement, alors qu'elle fut la vedette des *Perles de la couronne*, coréalisé par Sacha Guitry, du *Dernier Milliardaire* de René Clair, de *La Symphonie fantastique* de Christian-Jaque, de films de Jean Grémillon, André Cayatte ou Vittorio de Sica.

Avec Norbert Carbonnaux, nous avons immédiatement sympathisé. Il est venu habiter chez moi pour écrire. Moi, je n'écrivais rien, j'étais petit assistant.

Son fils Georges débuta comme assistant de Sacha Guitry en 1949 dans *Le Trésor de Cantenac*. Au milieu des années 1950, il fit quelques rencontres profitables. « *J'étais l'assistant de Norbert Carbonnaux sur un film intitulé* Courte Tête, *avec de Funès, Duby, Jean Richard et Fernand Gravey. Michel* [Audiard] *en était le dialoguiste. Nous avons immédiatement sympathisé. Il est venu à la campagne habiter chez moi pour écrire. Moi, je n'écrivais rien, j'étais petit assistant, mais Norbert et lui rédigeait* Courte Tête. *L'année suivante, nous nous sommes retrouvés pour un autre film de Carbonnaux,* Le Temps des œufs durs, *que Michel avait aussi dialogué.* » Notons au passage que *Courte Tête* fut salué par la critique, même la plus exigeante, comme marquant un renouveau du cinéma comique français et que ce film est à l'avant-garde de l'humour des années 1960.

Les premiers films réalisés par le jeune Georges Lautner sont pourtant des œuvres graves, un peu solennelles, comme *Arrêtez les tambours*, qui se passe durant l'Occupation, ou *Le Septième Juré*, qui raconte les affres d'un homme (Bernard Blier) devant juger et sans doute condamner à mort un homme dont il sait pertinemment qu'il est innocent puisqu'il est lui-même le coupable du crime dont on l'accuse.

C'est avec *Le Monocle noir*, mettant en vedette Paul Meurisse, que sa carrière bascule. George Lautner invente un genre, un style, il donne à cette histoire d'espions et de néonazis une once de fantaisie, grâce en particulier au

personnage du commandant Dromard, à la raideur aristo-
cratique, et aux dialogues de Pierre Laroche, qui annoncent
la fantaisie de la langue d'Audiard.

La seconde rencontre professionnelle avec Michel
Audiard, après la prise de contact de *Courte Tête*, va boule-
verser la suite de sa carrière.

À partir des *Tontons flingueurs*, Georges Lautner va régulièrement tourner avec le dialoguiste, enchaînant des succès
populaires tels *Les Barbouzes*, *Ne nous fâchons pas* ou *Le Pacha*,
aujourd'hui eux aussi cultes.

Les Tontons flingueurs est à la rencontre de certains des thèmes de prédilection de Georges Lautner, qui partagea son temps entre le tournage de films d'action, de vaudevilles et de comédies, puisant dans l'air du temps et la description de la société contemporaine pour en moquer quelques travers. La Maison assassinée, adaptée du roman de Pierre Magnan, constituant pratiquement une exception à cette typologie…

Après Les Tontons, il a tourné des comédies policières souvent burlesques, comme Des pissenlits par la racine ou Fleur d'oseille, mais aussi quelques films policiers plus graves comme Mort d'un pourri avec Alain Delon.

Georges Lautner, on finirait par l'oublier, fut également l'artisan des plus spectaculaires gaudrioles mettant en scène Jean-Paul Belmondo. C'est sous sa direction qu'il se pendit sous un hélicoptère dans *Le Guignolo* ou qu'il joua à *Flic ou voyou*. C'est avec Lautner que Belmondo se glissa dans la peau de Raimu, dans un remake de *L'Inconnu dans la maison*.

Georges Lautner est aussi un observateur des travers de son époque. Ce sont souvent ses films qui permettent de découvrir les mœurs de la jeunesse de son temps – comme dans la scène de surprise-partie des *Tontons*. C'est avec lui que l'on découvrira les hippies de *Quelques messieurs trop tranquilles*, les cinéastes spécialisés dans le porno de *On aura*

tout vu, les publicitaires de *La Vie dissolue* de Gérard Floque, les jeunes mods de *Ne nous fâchons pas*, sans oublier *Galia*, la femme libre…

Georges Lautner, capable du pire (Ah ! *La Cage aux folles 3 !*) comme du meilleur, est avant tout un cinéaste, souvent original, un grand technicien, dont une bonne dizaine de films figurent au panthéon du cinéma français. *Les Tontons flingueurs* est sans doute son chef-d'œuvre.

Les films de Georges Lautner

- 1958 : *La Môme aux boutons*
- 1960 : *Marche ou crève*
- 1960 : *Arrêtez les tambours*
- 1961 : *Le Monocle noir*
- 1962 : *Le Septième Juré*
- 1962 : *En plein cirage*
- 1962 : *L'Œil du monocle*
- 1963 : *Les Tontons flingueurs*
- 1964 : *Des pissenlits par la racine*
- 1964 : *Le Monocle rit jaune*
- 1964 : *Les Barbouzes*
- 1965 : *Les Bons Vivants*, coréalisé avec Gilles Grangier
- 1966 : *Galia*
- 1966 : *Ne nous fâchons pas*
- 1967 : *La Grande Sauterelle*
- 1968 : *Fleur d'oseille*
- 1968 : *Le Pacha*
- 1971 : *Il était une fois un flic*
- 1971 : *La Route de Salina* (*Road to Salina*)

- 1971 : *Laisse aller, c'est une valse*
- 1973 : *Quelques messieurs trop tranquilles*
- 1973 : *La Valise*
- 1974 : *Les Seins de glace*
- 1975 : *Pas de problème !*
- 1976 : *On aura tout vu*
- 1977 : *Mort d'un pourri*
- 1978 : *Ils sont fous ces sorciers*
- 1979 : *Flic ou voyou*
- 1980 : *Le Guignolo*
- 1981 : *Est-ce bien raisonnable ?*
- 1981 : *Le Professionnel*
- 1983 : *Attention, une femme peut en cacher une autre !*
- 1984 : *Joyeuses Pâques*
- 1984 : *Le Cowboy*
- 1985 : *La Cage aux folles 3*
- 1987 : *La Vie dissolue de Gérard Floque*
- 1988 : *La Maison assassinée*
- 1989 : *L'Invité surprise*
- 1990 : *Présumé dangereux*
- 1991 : *Triplex*
- 1992 : *Room service*
- 1992 : *Prêcheur en eau trouble* (TV)
- 1992 : *L'Inconnu dans la maison*
- 1994 : *L'Homme de mes rêves* (TV)
- 1996 : *Le Comédien* (TV)
- 2000 : *Scénarios sur la drogue* (segment « Le Bistrot »)

M comme

Musique

L'univers musical des *Tontons*

À défaut d'être une comédie musicale – personne ne chante dans *Les Tontons flingueurs* –, nous voici pourtant en présence d'un film où la musique joue un rôle particulièrement important. On y rencontre même un jeune compositeur de musique concrète, sans doute l'un des seuls qui aient eu l'honneur d'apparaître dans un grand film populaire.

 ### Michel Magne

Le musicien Michel Magne a composé un univers sonore qui permet aujourd'hui encore de reconnaître *Les Tontons* les yeux fermés. Selon Georges Lautner, il lui avait affirmé que tout reposerait sur quatre notes. Ce seraient les quatre notes du bourdon de Notre-Dame de Paris, une affirmation que personne n'a songé à vérifier depuis…

Pour financer ces travaux dispendieux, le voilà obligé de composer plus de dix musiques de films par an.

Nous les entendrons souvent, ces quatre petites notes, reprises et réutilisées dans tous les genres de musique. Elles seront la base, mises à la sauce jazz cool, de la musique du générique, elles se déguiseront en sonates de Corelli lorsqu'on entendra de la musique classique, elles se fondront dans un air de twist et – surtout – jouées au banjo, elles viendront ponctuer régulièrement les bourre-pifs…

Michel Magne, à l'époque des *Tontons*, était l'heureux propriétaire du château d'Hérouville, l'un des hauts lieux de l'histoire de la musique et du cinéma en France. Le passé de cette grande maison rappelle le souvenir « *des rendez-vous galants de Chopin et de George Sand* ».

Michel Magne « *l'achète avec un ami en 1962, se réserve l'aile gauche, qu'il se met en tête de restaurer de fond en comble. Pour financer ces travaux dispendieux, le voilà obligé de composer plus de dix musiques de films par an, notamment tous les* Fantômas *et* Angélique, Les Tontons flingueurs, Mélodie en sous-sol, Les Barbouzes... [...] *Un incendie endommage gravement l'aile gauche, la plus jolie, en 1969, détruisant toutes les partitions, les bandes, les disques, bref toute l'œuvre de notre prolifique et génial compositeur. Qu'importe : là où d'autres auraient été anéantis, lui repart de plus belle, décidant même de s'aménager, à vocation privée, un studio d'enregistrement dans les combles de l'aile droite* ».

La suite relève davantage de l'histoire du rock'n'roll, du jazz ou de la chanson, que de celle du cinéma. Michel Magne accueille dans son château toutes les stars de la pop : Elton John, David Bowie, Iggy Pop ou les Bee Gees, qui viennent y enregistrer leurs meilleurs albums.

Twist et musique baroque

Ces quatre notes et les allusions répétées aux sonates d'Arcangelo Corelli ont fini par laisser planer un doute : et si Michel Magne avait puisé dans ces sonates pour composer la musique des *Tontons flingueurs* ? Non seulement il n'en est rien, mais même « *au moment où la petite flûte allait répondre au cor* », la musique que l'on entend est bien celle de Michel Magne, un habile pastiche des œuvres de ce compositeur de musique baroque, né en 1653, qui connut grâce au film une forme de notoriété inattendue chez les amateurs de polars burlesques.

Décidément doué pour le pastiche, Michel Magne reprend le même petit air pour en faire la base d'un twist endiablé sur lequel dansent les jeunes bourgeois invités par Patricia. Et pour finir, ce sont encore ces quatre petites notes qu'une cantatrice chante à l'église en guise de *Te Deum*.

Antoine Delafoy auteur de musique concrète

Jallais toucher l'anti-accord absolu, vous entendez : ABSOLU. La musique des sphères... Mais qu'est-ce que j'essaie de vous faire comprendre, homme singe !

L'un des héros des *Tontons flingueurs* est lui-même musicien. Georges Lautner affirma que la profession d'Antoine Delafoy – profession est un grand mot – lui avait été suggérée pour des raisons liées à son souci de l'image. Il faisait un parallèle avec le personnage interprété par Maurice Biraud dans *L'Œil du monocle*, dont l'activité de sculpteur de mobiles occupait l'espace et l'image. Avec les « instruments de ménage » d'Antoine, Lautner redécouvrait la même possibilité de lui constituer un décor particulier, spectaculaire et burlesque. Les instruments de musique d'Antoine, comme les mobiles de Maurice Biraud, appartiennent à ces machines étranges dont le fonctionnement est en soi une source de gags, comme les « machines à manger » du film d'Yves Robert, *Alexandre le bienheureux*, qui permettent à Philippe Noiret de se servir de la nourriture ou un verre de rouge sans sortir de son lit, ou plus récemment les « machines à s'installer à la table du petit-déjeuner » de Wallace et Gromit.

Mais les machines d'Antoine font surtout du bruit. Des robinets, des balles de ping-pong qui tombent sur des cymbales… Grâce à cela, affirme Antoine, *« j'allais toucher l'anti-accord absolu, vous entendez : ABSOLU. La musique des sphères… Mais qu'est-ce que j'essaie de vous faire comprendre, homme singe ! »* Cette prétention peut faire sourire, mais elle était partagée alors par un grand nombre de musiciens qui utilisaient presque les mêmes méthodes, mais pas forcément les mêmes instruments. Antoine Delafoy, en ce début des années 1960, a quelques progrès techniques de retard. Ses

homologues Pierre Shaeffer, Pierre Henry ou Iannis Xenakis ont depuis longtemps décidé d'utiliser la bande magnétique et bientôt l'informatique pour arriver aux mêmes fins…

Par ailleurs, Antoine Delafoy emploie des instruments un peu trop voyants, alors que les musiciens révolutionnaires de son temps essaient justement de s'abstraire de l'instrument…

Michel Magne lui-même, l'auteur de la musique des *Tontons*, eut sa période musique concrète avant de plonger avec délices dans l'univers des variétés et de la musique de film. En juillet 1957, il avait donné un concert de « musique inaudible » à la salle Gaveau, puis, en octobre 1958, toujours à la salle Gaveau, un concert au cours duquel il avait interprété un morceau intitulé *Carillon dans l'eau bouillante*, avec de véritables carillons plongés dans de l'eau bouillante.

La musique, déterminant social

Les Tontons flingueurs est donc un film qui magnifie l'importance de la musique, présentée comme une manière de définir les rapports sociaux entre les personnages. Antoine – et par contamination sa petite amie Patricia – sont des amateurs éclairés, dont les goûts les entraînent de Bach à l'avant-garde, mais ne dédaignent pas le twist et les danses de leur âge. Fernand Naudin est un rustre qui ne connaît pas Corelli, mais qui ne demanderait sans doute qu'à s'instruire. Il aggrave son cas en traitant d'instruments de ménage ce qu'Antoine Delafoy considère comme des instruments de musique. Fernand ne connaît pas même l'existence de Reynaldo Hahn, qu'Antoine considère comme étant l'un des combles du ringard, puisque son père Antoine, grand bourgeois, l'apprécie.

N comme

Fernand Naudin

Le nouveau patron des Tontons

Fernand Naudin est le héros des *Tontons flingueurs*, celui autour duquel s'organise l'action, celui dont l'arrivée et la nomination à la tête de l'empire du Mexicain vont entraîner une hécatombe.

Fernand Naudin est aussi l'homme que l'un de ses vieux amis choisit pour devenir le nouveau tuteur de sa fille unique. Moitié mère poule et moitié voyou.

Car Fernand Naudin est indéniablement un voyou. Tout ce que nous apprenons le concernant va dans le même sens. L'aimable habitant de Montauban, concessionnaire d'une marque de matériel de chantier, a un lourd passé.

Même si en apparence il s'est retiré des affaires crapuleuses pour se consacrer à la motoculture, il n'en reste pas moins un ancien truand, à peine assagi, encore capable de faire le coup de feu et le coup de poing, capable surtout de tuer…

La biographie de Fernand Naudin

« Fernand l'emmerdeur, Fernand le malhonnête, c'est comme ça que j'l'appelle, moi… »

Nous sommes en 1963. Son interprète, Lino Ventura, a 44 ans. Fernand avait donc une vingtaine d'années au début de la Seconde Guerre mondiale. Ce n'est pourtant pas dans ces circonstances qu'il a conduit un char Patton, puisque des chars ne portèrent ce nom – en hommage au général Patton – qu'à partir de la guerre de Corée. Il est possible que Naudin se trompe de nom : les chars Patton ont été conçus sur la base des chars Pershing utilisés à la fin de la Seconde Guerre mondiale… Dans ce cas-là, il aurait éventuellement pu en conduire un dans la 2e division blindée.

À moins que !

Les chars Patton furent utilisés à partir de 1952 durant la guerre de Corée. À cette époque, Fernand Naudin n'est déjà plus en contact avec le Mexicain, puisque cela fait 15 ans qu'ils ne se sont pas vus… Par ailleurs, nous savons qu'il a vécu suffisamment en Indochine pour connaître la maison close aux volets rouges de Biên Hoa, sa patronne Lulu la Nantaise, et se rappeler les exploits locaux de Teddy de Montréal. Mais ce n'est pas vraiment une activité guerrière…

Non, on a beau la tourner dans tous les sens, cette histoire de char Patton ne colle pas, sauf si, dans l'exercice de sa profession de grand garagiste, on lui en a confié un.

Revenons à ce que nous savons de sources sûres, cela tient à peu de chose. Il y a 15 ans, donc vers 1948, le Mexicain et Fernand Naudin faisaient encore les quatre cents coups à Paris. Nous le savons grâce au récit de Fernand qui assure

qu'ils draguaient naguère sur les Champs : « *C'est un petit matin comme tu les aimes... Comme on les aimait, quoi... Les filles sortent du lido, tiens ! Pareil qu'avant. Tu te souviens ? C'est à c't'heure-là qu'on emballait.* » Naudin a également été impliqué dans les affaires de trafic d'alcool frelaté du Mexicain, puisqu'il connaît la composition de la mixture que sort maître Folace de son placard.

Et puis il y a des signes qui ne trompent pas. Lorsqu'une fusillade s'annonce, son maître d'hôtel lui tend un pistolet en disant : « *Je ne demande pas à monsieur si monsieur sait s'en servir.* »

Et visiblement il sait. Le tir au pigeon sur cibles vivantes, c'est comme le vélo, ça ne s'oublie pas.

En 1948, donc, Fernand Naudin abandonne les métiers aventureux pour changer radicalement de vie : *« J'ai une santé de fer. Voilà 15 ans que je vis à la campagne, que je me couche avec le soleil et que je me lève avec les poules. »*

Nous savons qu'il s'est installé à Montauban, ville dont il pense qu'on ne devrait jamais la quitter. Il travaille dans l'univers de la motoculture depuis 15 ans…, entouré d'au moins un contremaître et un employé. Il doit être au moins le concessionnaire exclusif d'une marque prestigieuse, puisqu'il tient un stand d'exposition à la foire d'Avignon. Ce qui nous permet d'estimer la période de l'année durant laquelle se déroule l'action. Depuis 90 ans – donc en 1962-63 aussi –, la foire se tient chaque année durant la deuxième quinzaine d'avril.

On ne lui connaît ni compagne ni famille.

Fernand Naudin est interprété par Lino Ventura

Angiolino Giuseppe Pasquale Borrini Ventura, né le 14 juillet 1919 à Parme, décédé le 22 octobre 1987…

Initialement, les producteurs des *Tontons* avaient choisi Jean Gabin pour interpréter le rôle de Fernand Naudin, mais une brouille entre Gabin et Lautner, qui voulaient chacun ne travailler qu'avec leur équipe technique, servit de prétexte au changement d'acteur. Comment d'ailleurs imaginer Naudin aujourd'hui autrement qu'avec la silhouette de « brun trapu » de Lino Ventura ?

Rien ne prédisposait monsieur Borrini, son pseudo-nyme de sportif, à devenir l'un des grands acteurs de la seconde moitié du XXe siècle. Ce jeune Italien entreprit une carrière de sportif professionnel durant les années noires de l'Occupation, période durant laquelle il s'entraînait avec Henri Cogan, également présent au générique des *Tontons*. Ensemble, ils participent à des combats de lutte. Lino est champion d'Europe des poids moyens. À la suite d'un accident, indirectement causé par Cogan, il abandonne la compétition pour continuer à travailler dans l'univers du sport en organisant des combats.

Son destin bascule en 1953, quand un ami lui conseille de prendre contact avec le réalisateur Jacques Becker, qui cherchait un Italien pour donner la réplique à Jean Gabin dans un film de gangsters.

Mal à l'aise dans ce milieu, Lino, qui ne songe qu'à retourner dans le monde du sport, affirme qu'il ne tournera pas si on lui donne un cachet inférieur à un million d'anciens francs, ce que la production accepte... Jean Gabin est immédiatement séduit par le jeu spontané du personnage, tout d'un bloc. *Touchez pas au grisbi* est un succès, et Lino est lancé...

Jean Gabin le pousse à persévérer. Lino est à nouveau engagé pour tourner dans *Razzia sur la chnouf.* Durant les années 1950, il enchaîne les rôles de durs ; il est l'inspecteur Torrence dans *Maigret tend un piège*, le Gorille dans *Le Gorille vous salue bien*, Pépito le truand sanguinaire *dans Le rouge est mis*, le Fauve dans *Le Fauve est lâché…* Peu à peu, ses personnages gagnent en profondeur à partir de *Classe tous risques* de Claude Sautet.

Jusqu'aux *Tontons flingueurs*, Lino n'avait jamais interprété de rôles comiques à l'écran. Et il n'avait guère envie de s'y essayer, persuadé qu'il était de « *ne faire rire personne* ». Georges Lautner lui demande d'interpréter son personnage le plus sérieusement du monde, ce qu'il réussit à merveille, même durant la scène d'ivresse qui clôt la scène de la cuisine.

Par la suite, Ventura tourna encore *Les Barbouzes* et *Ne nous fâchons pas*, avant de considérer qu'il n'était décidément pas fait pour interpréter des personnages comiques.

O comme

l'Organisation du Mexicain

La petite entreprise des *Tontons*

Louis le Mexicain dirige à distance depuis 15 ans une organisation dont il cède les parts à Fernand Naudin.

Mais comment cette petite PME du crime fonctionne-t-elle ?

Louis le Mexicain, le chef

Nous savons qu'il est dans le monde de la pègre depuis assez longtemps. Il a sans doute un lourd passé qui lui valut une condamnation à la relégation – également nommée « l'interdiction de séjour ». Il purgeait sa peine au Mexique, ce qui est de toute évidence à l'origine de son surnom. Fernand Naudin s'étonne de son retour : « *Après 15 ans de silence, y en a qui poussent un peu quand même. Quinze ans d'interdiction de séjour ; pour qu'il abandonne ses cactus et qu'il revienne à Paris,*

> Quand
> tu parlais
> augmentation
> ou vacances,
> il sortait son
> flingue avant
> que t'aies fini.

faut qu'il lui en arrive une sévère, au vieux Louis. » Selon le portrait qu'en dresse Raoul Volfoni, le Mexicain devait être un dur, souvent impliqué dans des fusillades : « *Y a 20 piges, le Mexicain, tout le monde l'aurait donné à 100 contre 1 : flingué à la surprise, mais c't'homme-là, ce qui l'a sauvé, c'est sa psychologie.* »

Nous savons également que le Mexicain a eu une fille à la suite de sa liaison avec Suzanne, dite Beau Sourire, prostituée, « *sujet-vedette chez madame Reine* », connue pour son goût pour les fugues.

Un mystère non résolu plane sur la manière dont le Mexicain dirigeait son organisation, à distance ou en effectuant de fréquentes visites depuis le Mexique. Comment comprendre la formule employée par madame Mado : « *Quand tu parlais augmentation ou vacances, il sortait son flingue avant que t'aies fini. Mais il nous a tout de même apporté, à tous, la sécurité* » ? Fait-elle allusion à une période antérieure à son départ pour le Mexique ou Louis venait-il de temps en temps « sortir son flingue ». De même, les Volfoni se plaignent de ponctions sur leurs bénéfices que ne pourraient effectuer qu'un homme bien présent et menaçant.

Jacques Dumesnil

Louis le Mexicain est interprété par l'acteur Jacques Dumesnil. Il eut l'une des carrières les plus riches de l'histoire du cinéma, du théâtre et de la télévision. Né en 1903 – il a donc 60 ans au moment de la sortie des *Tontons* –, il commença au cinéma au début des années 1930, enchaînant les rôles de jeunes premiers.

Il fait la connaissance de la mère de Georges Lautner, Renée Saint-Cyr, dans *Pierre et Jean* d'André Cayatte. Par la suite, l'âge venant, il incarne d'Artagnan dans *Le Vicomte de Bragelonne*, le général Bernadotte dans *Napoléon* de Sacha Guitry, puis Richelieu dans *Si Paris m'était conté…*

Les Tontons flingueurs sera son dernier film au cinéma. Mais certainement pas son dernier rôle. Par la suite, il incarna Sosthène, duc de Plessis-Vaudreuil, patriarche d'une famille de la noblesse dans le feuilleton *Au plaisir de Dieu*, adapté d'un roman de Jean d'Ormesson. Barbu, hiératique, autoritaire, néanmoins humain, son rôle lui valut un Sept d'or en 1978.

Son majordome, Jean

Nous savons presque tout de Jean le majordome, sinon son nom de famille. C'est un perceur de coffre-fort. Fernand Naudin lui en fait la remarque : *« Je ne te demande pas si tu sais les ouvrir. »* Maître Folace nous raconte son aventure en détail. Le Mexicain *« l'a même trouvé devant son coffre-fort. Y a 17 ans de ça. Avant d'échouer devant l'argenterie, l'ami Jean avait fracturé la commode Louis XV. Le Mexicain lui est tombé dessus juste au moment où l'artiste allait attaquer les blindages au chalumeau. Vu ses principes, le patron pouvait pas le donner à la police. Il a accepté de régler lui-même les dégâts. Résultat : Jean est resté ici trois mois au pair comme larbin pour régler la petite note. Et puis, la vocation lui est venue, le style aussi, peut-être également la sagesse. Dans le fond, nourri, logé, blanchi, deux costumes par an, pour un type qui passait la moitié de sa vie en prison... »*

Cette mésaventure a dû se dérouler il y a à peu près 20 ans puisque Jean était déjà en service à la naissance de Patricia. Depuis, il a *« choisi la liberté »* et aussi de parler anglais, ce qui, selon lui, doit conforter sa crédibilité comme majordome.

Robert Dalban

Robert Dalban, né Gaston Barré le 19 juillet 1903, décédé le 3 avril 1987, fut l'un des grands seconds rôles du cinéma populaire français. Il débuta dès les années 1920, accompagnant même la vénérable Sarah Bernhardt dans une tournée aux États-Unis. Il faisait alors un numéro de comique troupier, déguisé en militaire paresseux et gouailleur.

À la fin de la Seconde Guerre mondiale, sa carrière prend son envol lorsqu'il apparaît – entre autres – dans *Quai des Orfèvres*.

Par la suite, on le vit régulièrement aux côtés de Jean Gabin – qui se moquait de son physique un peu particulier : « *Dis donc, quand tu te mouches, t'as pas l'impression de serrer la main à un pote ?* »

Robert Dalban fut l'un des complices réguliers de Georges Lautner. Il incarne Poussin, l'adjoint du commandant Dromard, dans *L'Œil du monocle*. On le rencontre également dans *Les Barbouzes*, où il tient le rôle d'un agent des services secrets qui ne parle que du nombre d'années qui le séparent de la retraite.

> *Dis donc, quand tu te mouches, t'as pas l'impression de serrer la main à un pote ?*

Il a tourné plus d'une centaine de films, incarnant le directeur du journal où travaille Jean Marais dans *Fantômas*, des serveurs, des patrons de restaurant, des policiers… C'est sans doute au bout du compte Georges Lautner qui lui a offert ses meilleurs rôles et les plus dignes de mémoire. Dans *Le Pacha*, il est le commissaire Gouvion, assassiné, ce qui déclenche la fureur de son pote, joué par Jean Gabin.

Le bowling, repaire du Mexicain

Fernand Naudin retrouve son ancien ami le Mexicain dans un bowling des Champs-Élysées. Il est accueilli par Henri – Paul Mercey –, l'une des seules personnes qui semblent se souvenir de lui en dehors du Mexicain lui-même.

Le bowling, comme la maison, comme l'église, comme l'usine désaffectée où l'on fabrique du pastis, est un décor naturel. C'est l'un des plus célèbres de France et un lieu qui au moment du tournage était particulièrement à la mode chez les teen-agers.

Le bowling de la Matène, 12, rue de la Matène, à Fontenay-sous-Bois, est toujours en activité aujourd'hui. C'est l'un des lieux cultes liés à l'aventure des *Tontons flingueurs*. Il a été construit en 1961 sur le modèle des bowlings américains, comme on en trouvait alors à Chicago. Le jour de son inauguration, le 15 décembre 1961, les vedettes du moment se pressèrent pour se faire photographier en train de réaliser des *strikes* sur les pistes. Il y avait là Fernandel, le journaliste sportif Roger Couderc, le chanteur Félix Marten et l'acteur Philippe Clay… Il revint à Fernandel l'honneur de lancer la première boule et d'inaugurer les pistes.

L'établissement apparaît dans des films et des téléfilms, comme *Monsieur Hire* avec Michel Blanc et *Jean-Philippe* avec Johnny Hallyday.

Au premier étage du bowling – dans un décor tourné en studio à Épinay – se trouve la chambre du Mexicain. Pour donner de la profondeur à son décor et voir de face l'ensemble des protagonistes de la scène de l'annonce de ses projets par le Mexicain, Georges Lautner a fait installer un grand miroir derrière le lit où se reflètent les membres de la bande. C'est l'une des rares scènes reprises quasi telles quelles du roman d'Albert Simonin.

L'organisation

Il n'est pas nécessaire de sortir de HEC – ou du Fonds monétaire international – pour reconstituer l'organigramme de l'organisation du Mexicain. C'est tout de même assez instructif. Elle se divise en trois pôles : jeu, prostitution, alcool, chapeautés par un service administratif…

L'administration

Maître Folace, notaire

Il s'occupe des recouvrements et de la gestion de l'entreprise. Son travail consiste principalement, donc, à prélever la part des revenus de l'entreprise qui revient au patron. Il a par ailleurs la charge de l'éducation de la fille du Mexicain durant l'absence de celui-ci. Autant dire depuis toujours.

Il est assisté par Jean le majordome.

Pascal, première gâchette

Pascal assure à lui seul le bon ordre des affaires du Mexicain, dès lors qu'elles requièrent que l'on fasse usage de la force. Sa « *présence apaisante* », sa philosophie, « *défourailler le premier* », et son Beretta lui assurent une certaine forme de compréhension de la part du personnel de l'entreprise. Il habite chez sa mère, joue avec des dés comme Georges Raft, a un cousin également tueur à gages. C'est un grand garçon tout simple.

Venantino Venantini, né le 17 avril 1930, était alors étudiant aux Beaux-Arts et modèle lorsqu'il fut remarqué par la production italienne des *Tontons*.

Son accent italien obligea la production à le faire doubler par le comédien Charles Millot que l'on retrouvera dans *Les Barbouzes*. Venantino Venantini devint assez vite l'ami de Georges Lautner et tourna encore avec lui dans *Des Pissenlits par la racine*, *La Grande Sauterelle* et *Flic ou voyou*. On le retrouve dans *La Folie des grandeurs* ou *Le Grand Restaurant* aux côtés de Louis de Funès, dans quelques épisodes de la série télévisée adaptée des aventures d'Emmanuelle et dans quelques dizaines de films italiens.

En 2007, le réalisateur Samuel Benchetrit lui offrit à nouveau un rôle de truand élégant dans *J'ai toujours rêvé d'être un gangster*.

Les trois secteurs d'activité de l'entreprise du Mexicain

Le jeu

La Petite Ferme

Le Mexicain possède deux « parties ». La première se trouve dans une maison isolée de la région parisienne, la Petite Ferme. Elle est dirigée par Tomate. Son nom est l'un des rares patronymes que Lautner, Michel Audiard et Albert Simonin conservèrent des personnages du roman *Grisbi or not grisbi*. Tomate va payer très cher sa complicité avec Théo. Il meurt après avoir été torturé par Pascal et son cousin. Théo prononce son éloge funèbre : « *Pauvre Tomate ; je le voyais pas s'en aller si vite.* »

Charles Régnier, malgré son nom apparemment français, était bel et bien un acteur allemand né le 22 juillet 1914 à Fribourg, décédé le 13 septembre 2001. Francophone, il ne fut pas doublé durant le tournage, à la différence de Sabine. Il tourna plus d'une centaine de films.

La péniche

Elle est tenue par les frères Volfoni – nous les reverrons bientôt –, assistés par un marin et Bastien, un homme de main. Des scènes coupées au montage permettaient de découvrir également une femme chargée du vestiaire.

L'alcool

Le « *mec du jus de pomme* », Théo, fabrique du pastis clandestin. Nous apprenons dans une partie du dialogue de la

« scène de la réunion à la péniche », coupée au montage et remplacée par le dialogue entre les deux gardes du corps, qu'il a également tenté de fabriquer du whisky, mais que le produit s'était révélé dangereux pour la santé et, pire encore, imbuvable. Nous savons également que son entreprise est florissante. Un seul camion de transport permet d'écouler six millions de pastis. Nous apprenons à l'occasion qu'il doit être assisté normalement par au moins un chauffeur.

Il fabrique son breuvage frelaté dans une usine désaffectée décorée avec goût. Lautner joua sur l'esthétique particulière des lieux. Les murs sont délabrés, mais les pièces sont chaleureusement meublées de fauteuils confortables et de tapis, et décorés d'objets élégants et luxueux.

La jeunesse française boit des eaux pétillantes, et les anciens combattants, des eaux de régime.

Théo est allemand, il cite des philosophes chinois dans la langue de Goethe : « *Das Leben eines Mannes, zwischen Himmel und Erde, vergeht wie der Sprung eines jungen weissen Pferdes über einen Graben : ein Blitz..., pfft..., es ist vorbei*[1]... » Chine, IVᵉ siècle av. J.-C... Il affirme avoir conservé le spleen de la défaite. La scène du mitraillage du camion démontre qu'il sait se servir d'une arme et qu'il aime ça à la folie. Il fait peur.

Si on en croit Pascal, Théo fut peut-être légionnaire, puisque le Mexicain l'engagea dans le cadre d'une opération de reconversion de ces courageux soldats. La guerre l'obsède au point d'y faire allusion même dans le cadre de conversations anodines : « *La jeunesse française boit des eaux pétillantes, et les anciens combattants, des eaux de régime.* » Ces eaux de régime sont évidemment des eaux de Vichy, dont le régime eut quelques liens avec l'Allemagne.

Lorsqu'il doit avouer un échec, Théo déplore que pour une fois Dieu n'est pas à ses côtés, ce qui est une allusion au *Gott mit uns*, la devise des militaires allemands jusqu'à la fin du IIIᵉ Reich.

Horst Frank, qui incarne Théo, est né le 28 mai 1929 à Lübeck. Il décéda d'une crise cardiaque à quelques jours de son 70ᵉ anniversaire. Selon ses camarades de tournage, c'était le plus charmant garçon du monde, jusqu'à ce qu'il entre dans la peau de Théo, où il faisait peur, en particulier durant la scène du mitraillage du camion de pastis. Par la

---

1. La vie d'un homme, entre ciel et terre, passe comme le bond d'un poulain blanc au-dessus d'un fossé : un éclair..., pfft..., c'est fini...

suite, Frank devint l'une des vedettes de la télévision allemande grâce au feuilleton *Airport unité spéciale*.

Théo est homosexuel…

Vincent, son petit ami, est interprété par Georges Noja-
roff, qui ne fit pas une carrière extraordinaire par la suite.
Il apparut bien plus tard dans une scène de *L'Aile ou la cuisse*
de Claude Zidi.

L'homosexualité de Théo permet à Audiard de placer
dans son dialogue une autre allusion à l'actualité en citant la
boîte de nuit Chez Tontons, qui présente des spectacles de
travestis sur la place Pigalle. Notons que le couple formé par
Théo et Vincent est assez rare dans le cinéma contemporain.

Théo est assisté par Freddy, Henri Cogan, qui lui tient
lieu d'homme de main. Il doit sans doute partager ses
services avec Tomate.

La prostitution

Nous ne savons presque rien des activités de madame Mado, sinon qu'elles doivent être florissantes et clandestines.

Nous y reviendrons dans la partie classée X de cet ouvrage d'une haute tenue morale.

Patricia

La jolie nièce des *Tontons*

Patricia est apparemment une jeune fille de bonne famille bourgeoise française… Elle en a toutes les caractéristiques : elle est élevée dans les meilleures écoles privées de la banlieue ouest de Paris, elle s'habille et se coiffe comme une enfant sage, se prépare à passer son baccalauréat, fréquente le meilleur monde et ne rêve que de se marier avec un jeune homme tout aussi sage qu'elle, fils d'une très bonne famille…

Voilà pour les apparences !

 ## Une enfance particulière

Mais il ne faut pas oublier les pièges de l'hérédité. Patricia – dont nous ignorerons à jamais le nom de famille –, est la fille de Louis le Mexicain, chef de bande, proxénète, proprié-

Suzanne Beau Sourire a été élevée à Bagneux dans la zone ; et à 16 ans elle était sujet-vedette chez madame Reine.

taire de tripots clandestins et fabricant d'alcool frelaté, condamné à une interdiction de séjour sur le territoire national. Quant à sa mère, Fernand Naudin nous en dresse un rapide portrait : « *Suzanne Beau Sourire a été élevée à Bagneux dans la zone ; et à 16 ans elle était sujet-vedette chez madame Reine.* » Cette madame Reine est indéniablement la sous-maîtresse d'un bordel, et la profession de « sujet-vedette » relève ni plus ni moins de la prostitution.

Patricia est donc la fille d'un truand et d'une prostituée. Mais le sait-elle ?

Tout indique qu'elle n'a pas vu son père depuis très longtemps, très, très longtemps même, si on considère que Louis le Mexicain est interdit de séjour depuis 15 ans, alors qu'elle doit en avoir 17…

Elle a également dû traverser son enfance et son adolescence sans le soutien de l'amour d'une mère. Nous ignorons tout du sort de Suzanne Beau Sourire, mais Louis le Mexicain en parle comme on parlerait d'une défunte : « *Tu l'as connue ?* » Nous savons également que Suzanne passait son temps « *à faire la valise* ».

Patricia a donc vécu en quasi-orpheline, entretenant des liens distants avec son père, qui ne communique avec elle que par de longues lettres, évidemment mensongères, à l'image de ces trois pages consacrées à « l'oncle Fernand », qui lui attribuent des aventures imaginaires dans les pampas mexicaines.

Il est vraisemblable qu'elle n'a été élevée que par maître Folace et Jean, avec parfois la « *présence bienfaisante* » de Pascal le garde du corps. Maître Folace l'a en effet portée sur les fonts baptismaux, en présence du majordome qui affirme que mademoiselle était déjà bien jolie.

Un repaire de truands habité par deux vieux garçons, ce n'est pas une ambiance pour élever une jeune fille…

Des études chaotiques

Nous découvrons Patricia à quelques semaines de passer son baccalauréat. Malheureusement, il semblerait qu'elle n'y met pas toute l'ardeur nécessaire. La jolie jeune fille, apparemment sage et bien élevée, doit se révéler une véritable peste dès lors qu'elle se retrouve sur les bancs de l'école. « *Mademoiselle n'a jamais tenu plus de six mois ; juste le temps d'user les patiences* », indique maître Folace à Naudin avant d'ajouter : « *Oui, vraiment, je suis content que vous soyez là.* »

Fernand, dont on peut penser qu'il est célibataire et sans enfants, a des opinions assez tranchées en matière d'éducation et serait bien prêt de l'envoyer dans une boîte à bac à l'ambiance assez proche du bagne de Cayenne, « *les dresseurs, les vrais. La pension au bagne, avec le réveil au clairon et tout le toutim* ».

Lautner tourna une scène durant laquelle Naudin expliquait à sa « nièce » ce qu'il attendait d'elle à l'avenir, c'est-à-dire travailler à l'école. Patricia répondait mécaniquement « *Oui, Tonton* », « *Oui, mon oncle* »...

Dans une autre scène du scénario que Georges Lautner renonça à faire figurer dans le film, on voyait Fernand Naudin prendre rendez-vous avec madame Aubry, directrice de l'une de ces institutions dans lesquelles les familles bourgeoises reléguaient leurs enfants les moins doués pour les études.

Au cours de la conversation, Fernand Naudin affirme à la directrice qu'il souhaite que l'on donne à Patricia des cours de piano, et glisse cette formule reprise dans les anthologies des meilleures répliques de Michel Audiard : « *Le piano, c'est l'accordéon du riche* », qu'on n'aura donc jamais entendue à l'écran.

Oui, le bacho sans relations, c'est la charrue sans les bœufs, le tenon sans la mortaise, bref, une nièce sans son petit oncle !

Par la suite dans une scène également coupée, Naudin réitérait son désir de voir Patricia apprendre le piano, sur « *un modèle de concert* ». Patricia n'apprit pas le piano ; il y avait bien assez d'un musicien dans sa future petite famille.

Une visite rapide de sa chambre – le jour où elle en a filé à l'anglaise – nous permet de découvrir son univers de jeune fille sage, avec au mur, la représentant, une toile « *à la manière de Bernard Buffet* ».

Par on ne sait quel miracle, Patricia réussit tout de même à reprendre ses études. Nous en avons pour preuve ses travaux de dissertation de philosophie, que Fernand Naudin éprouve le besoin de lire à haute voix : « *Et si la vieille définition n'avait pas tant servi à propos de Racine et de Corneille, nous dirions que Bossuet a peint Dieu tel qu'il devrait être et que Pascal l'a peint tel qu'il est...* »

Oui, pas mal pour une gamine qui, quelques semaines plus tôt, se faisait virer de tous les établissements qu'elle fréquentait. Fernand Naudin est épaté : « *Eh ben, dis donc. Comment ? Ils t'ont donné que 16/20 ? Eh ben, permets-moi de te dire qu'ils y vont un peu fort, parce que moi, là, je t'aurais donné un peu plus.* »

Nous pouvons deviner, à la nature du sujet de cette composition de philosophie, que Naudin lui a trouvé une place dans une école religieuse…

Les amis de Patricia

La fille de Suzanne Beau Sourire fréquente le meilleur monde, comme la longue scène de la surprise-partie – qui enveloppe comme un écrin la « scène de la cuisine » – nous permet de le découvrir. Patricia, l'organisatrice de la boum, met tout ce bazar au compte de la préparation de son avenir : « *Écoute, tu tiens toujours à ce que je passe mon bacho, alors, sois logique ! Oui, le bacho sans relations, c'est la charrue sans les bœufs, le tenon sans la mortaise, bref, une nièce sans son petit oncle ! Avoue que tu n'avais jamais pensé à ça.* »

> *C'est du gâchis ; ça méritait une liaison malheureuse, tragique, quelque chose d'espagnol, même de russe.*

Et, pour enfoncer le clou, elle précise : « *Je t'ai demandé la permission d'inviter des amis, t'étais d'accord ; tu sais qu'ils sont tous d'excellentes familles ? Celui qui vient de t'offrir du scotch, tu sais qui c'est ? Jacques Le Tellier, le fils du contre-amiral.* »

C'est en effet assez huppé ; les jeunes gens du beau monde sont arrivés dans leurs petites Austin ou leurs Chevrolet décapotables. Il ne manque que l'emblématique Triumph TR3, pour que le parking soit à l'image de ceux des rallyes de la bourgeoisie parisienne des années 1960. C'est d'ailleurs dans l'un de ces véhicules que se retrouve les quatre fers en l'air le malappris ayant osé se demander à haute voix si « *Antoine sautait Patricia* ». On reverra le comédien Jean-Pierre Moutier, qui incarne le malheureux, dans une scène des *Barbouzes* l'année suivante.

Parmi les figurants se trouvaient le jeune Jean-Michel Derot, Béatrice Delfe, la fille de la régisseuse Mireille de Tissot, et Françoise et Dominique Borio, âgés de 16 ans, amis des fils du producteur Robert Sussfeld. La comédienne Anne Morescot interprète pour sa part la fille saoule qui fait une intrusion tonitruante dans la cuisine. « *Touche pas au grisbi, salope !* » lui ordonne maître Folace. Par la suite, la jeune femme tourna avec Jean-Pierre Mocky et dans un épisode du feuilleton *Allo police*.

C'est durant cette soirée qu'Antoine demande Patricia en mariage et qu'elle accepte, car elle l'aime, elle l'aime même « *presque trop, c'est du gâchis ; ça méritait une liaison malheureuse, tragique, quelque chose d'espagnol, même de russe* ».

Sabine Sinjen

Patricia est interprétée par une jeune comédienne allemande, Sabine Sinjen. Michel Audiard avait été très déçu par ce choix imposé par la Gaumont, qui souhaitait coproduire son film en Italie et en Allemagne. Audiard avait initialement songé à faire de Patricia un personnage de gamine parigote un peu délurée, à l'image des jeunes comédiennes qui crevaient alors l'écran : Sophie Daumier ou Mireille Darc. Pourtant, Sabine Sinjen s'en tira fort bien et parlait un français parfait… C'est du moins l'une des versions de l'affaire. D'autres témoins affirment qu'elle fut doublée par la comédienne française Valérie Lagrange, révélée dans *La Jument verte*, et qui fut la première vedette dénudée – à peine – dans le premier numéro de *Lui*, paru précisément le 4 novembre de cette même année. Qui croire ?

Sabine Sinjen, née le 18 août 1942 à Itzehoe, alors âgée de 20 ans au moment du tournage – 13 ans de moins que son « fiancé » Claude Rich –, était déjà une comédienne confirmée très connue en Allemagne. Après une enfance durant laquelle elle participa à de nombreux spectacles scolaires et à des émissions de radio, elle avait débuté à l'écran à l'âge de 15 ans dans un film intitulé *Die Grosse Chance*.

On la vit ensuite dans des productions allemandes prestigieuses, dont l'inénarrable *Jeunes Filles en uniforme*, aux côtés de Romy Schneider, qui présentait un pensionnat réservé aux jeunes filles de la haute bourgeoisie.

C'est donc une jeune vedette confirmée que la Gaumont engage, adulée par la jeunesse allemande qui se reconnaît en elle. *Les Tontons* n'était d'ailleurs pas son premier film français. Elle avait quelque temps plus tôt incarné la duchesse Sophie dans un film de Claude Boissol, *Napoléon III, l'Aiglon*, aux côtés de Jean Marais.

Après le tournage des *Tontons*, elle retrouva Horst Frank – Théo – dans un de ses films que l'on vit rarement en France, un western allemand intitulé *Les Pirates du Mississippi*. Elle mena par la suite une brillante carrière au cinéma, à la télévision et au théâtre, dont nous n'avons guère eu d'écho en France, sinon au travers de quelques épisodes de la série *Tatort*, diffusée invariablement le dimanche soir sur la chaîne allemande ARD.

Sabine Sinjen connut une fin assez triste : victime d'un cancer qui la rendit partiellement aveugle, elle mourut le 18 mai 1995 à Berlin, à peine âgée de 52 ans.

Questions sans réponses

Tout ce que l'on ignore encore des *Tontons*

Cherchons la petite bête… Il y a des tas de trucs qui ne vont pas dans *Les Tontons flingueurs*, des questions sans réponses et des bizarreries. Cela n'a aucun sens de les poser, mais essayons tout de même.

Comment le Mexicain pouvait–il tenir en main son organisation en n'étant jamais là ?

C'est la question la plus complexe. Nous savons que Louis est interdit de séjour depuis 15 ans ; il n'a donc jamais pu revenir en France durant tout ce temps.

Et pourtant, il a tenu d'une main de fer une organisation encombrée de zozos qui n'ont qu'une idée : reprendre leur indépendance et arrêter de lui payer des sommes exorbitantes…

Comment les Volfoni, maître Folace et Fernand Naudin ont-ils fait pour ne jamais se rencontrer précédemment ?

C'est un mystère, la seule explication serait que Fernand et le Mexicain soient plutôt des amis d'enfance et qu'ils se soient perdus de vue alors que Louis constituait son organisation, mais on revient toujours à la première question : comment a-t-il fait pour diriger son gang à distance depuis le Mexique ?

Par qui Patricia a-t-elle été réellement élevée ?

Sans doute pas par son père, qu'elle n'a pratiquement pas pu voir depuis l'âge de deux ans. Peut-être par maître Folace qui l'a vue naître.

Qui apprend à jouer aux échecs ?

Lorsque nous voyons pour la première fois à l'écran maître Folace en peignoir dans la cuisine, il a ouvert devant lui un ouvrage d'apprentissage des échecs, et un échiquier se trouve sur la table du petit-déjeuner. Est-ce pour lui ou la dernière lubie de Patricia ?

Que pensèrent du film les féroces *Cahiers du cinéma*, chantres de la Nouvelle Vague ?

Eh bien, contrairement à ce qu'on pourrait croire, plutôt du bien. Jean Narboni trouva que *Les Tontons* démontrait « *une volonté assez originale de mêler la préciosité à la truculence, l'intellectualisme au commerce, les joutes de truands aux raffinements d'esthètes, les accords de clavecin au jeu des silencieux, bref, d'inscrire les règlements de compte dans une atmosphère de fête galante* ».

Comment pouvait bien se déplacer le taxi de Fernand ?

Lorsque Fernand Naudin se rend chez Antoine Delafoy en taxi, le rôle de son chauffeur est interprété par Charles Lavialle (né le 13 mars 1894, décédé en 1965).

Cet aimable bonhomme, acteur de second rôle, habitué au cinéma des productions populaires françaises et des épisodes des *Cinq Dernières Minutes* à la télévision, avait une caractéristique amusante : il ne savait pas conduire. Les machinistes durent se débrouiller.

Est-il plausible qu'un vice-président du FMI se convertisse en propriétaire et gérant d'entreprises aussi évidemment frauduleuses ?

No comment. La solution la plus pratique serait pour lui de continuer à faire confiance à maître Folace pour la comptabilité et à Pascal pour la présence bienfaisante.

Quelle est la marque du « bizarre » ?

The Three Kings, mais heureusement cela n'existe pas. C'est Lautner en personne qui l'aurait inventée et c'est aussi lui qui a dessiné l'étiquette des bonbonnes.

Est-ce qu'il y a une suite aux *Tontons flingueurs* ?

Un écrivain, nommé Louis F. Bachelier, proche de la veuve d'Albert Simonin, a publié une suite aux *Tontons*, un roman intitulé *Du grisbi pour les tontons*, qui voyait Fernand Naudin obligé de revenir à Paris à la suite de l'assassinat d'Amédée Delafoy.

Combien de temps dure l'action des *Tontons flingueurs* ?

Nous savons par l'allusion à la foire d'Avignon que l'action débute sans doute durant la première quinzaine du mois d'avril, la foire commençant traditionnellement aux alentours du 15 avril. Naudin s'installe, prend les choses en mains, malmène les Volfoni, colle Patricia en pension. Cela ne lui prend que quelques semaines, le temps d'impatienter ses employés de Montauban. Ajoutons deux mois – la convalescence des Volfoni, mais aussi un temps raisonnable entre une demande en mariage, la publication des bans et la cérémonie… Ce qui nous permet de situer le mariage d'Antoine et Patricia aux alentours du mois de juin…

R comme

Rueil-Malmaison

La maison des Tontons

« *Ces vieilles demeures où nous avons joué enfants…* »

La maison du Mexicain, où Patricia a passé toute son enfance, se situe à Rueil-Malmaison. C'est une véritable maison, le lieu de tournage quasi unique du film et – surtout – un petit univers élégant et bourgeois qui participe à l'atmosphère particulière de ce « film de gangsters ».

Louis le Mexicain en fait l'acquisition une vingtaine d'années avant le début de l'action du film…, dans des conditions particulières que décrit à Fernand Naudin son garde du corps Pascal : « *Le Mexicain l'avait achetée en viager à un procureur à la retraite. Après trois mois, l'accident bête. Une affaire.* »

Jean le maître d'hôtel y a été surpris en plein cambriolage par le Mexicain avant la naissance de Patricia, que maître Folace a portée sur les fonts baptismaux. Nous pouvons donc en déduire que, durant les 15 années d'interdiction de séjour du patron, et son exil au Mexique, le notaire et le majordome ont vécu au service de Patricia dans la grande villa, avec – ou sans – la mère volage, dont nous ignorons la date exacte et le motif de la disparition…

La villa est entourée d'un vaste jardin qui, à l'occasion, se transforme en champ de bataille. Nous ne voyons jamais l'entrée de la maison vers la rue, mais, à en juger au temps qu'il faut pour le président Delafoy pour le traverser, nous devinons qu'il s'agit d'un véritable parc. Nous découvrons également les dépendances, avec en particulier un grand garage, où Fernand Naudin range sa 404 – ce qui permet à Raoul Volfoni de se tenir à l'abri lorsqu'il installe une bombe à retardement sous son capot… Il y a d'ailleurs largement de la place pour garer une bonne demi-douzaine de véhicules –

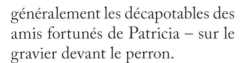

généralement les décapotables des amis fortunés de Patricia – sur le gravier devant le perron.

La résidence est également dotée d'une terrasse au premier étage, protégée par une verrière, mais nous n'aurons pas l'occasion de la visiter.

Cette maison a été livrée décorée. Le procureur est sans doute à l'origine de l'ambiance feutrée des lieux. C'est vraisemblablement

— Tout ça, lumière tamisée, musique douce, et vos godasses sur les fauteuils, Louis XVI en plus !
— La confusion doit d'abord s'expliquer, mais les termes sont inadéquats...

lui qui collectionnait les objets liés à l'histoire du Premier Empire que l'on rencontre dans la cuisine : des sabres, des maquettes de canons…

Cette ambiance bourgeoise détonne évidemment avec les activités de ses occupants, mais permet à Patricia de tenir son rang de jeune bourgeoise élevée dans les institutions privées de la banlieue ouest de la région parisienne. Le mobilier est élégant, classique.

Nous apercevons ici et là des bahuts et des armoires qui ne sont peut-être que des copies des XVII ou XVIIIe siècle, mais de bonne facture. Quant aux fauteuils, Fernand Naudin s'émeut de la manière qu'Antoine Delafoy les traite : « *Tout ça, lumière tamisée, musique douce, et vos godasses sur les fauteuils, Louis XVI en plus ! — La confusion doit d'abord s'expliquer, mais les termes sont inadéquats. — Ah ! parce que c'est peut-être pas du Louis XVI ?* » demande Naudin au petit impertinent. « *Euh, non ! C'est du Louis XV. Remarquez, vous n'êtes pas tombé loin…* »

À l'occasion de la visite du président Adolphe Amédée Delafoy, venu faire la demande en mariage de son fils Antoine, nous découvrons l'un des chefs-d'œuvre qu'elle contient : une pendule.

Le président, présenté par son fils comme « *amateur de pendules* », ne s'y trompe pas ; il la remarque pratiquement dès son arrivée – alors que les balles sifflent autour de lui : « *Mon Dieu, fin XVIII*ᵉ*, de Ferdinand Berthoud. À moins que ma future belle-fille n'y tienne vraiment, je l'échangerais bien contre autre chose. Oui, pardonnez-moi, j'anticipe.* »

Il repère d'ailleurs d'autres beaux objets : « *Dites-moi que c'est un héritage, un cadeau, un objet de famille, mais ne me dites pas que vous l'avez trouvé à Paris, vous me tueriez !* »

C'est en effet une belle pièce que cette pendule, avec ces deux figures mythologiques aux petits culs rebondis. Ferdinand Berthoud, horloger suisse né dans le canton de Neuchâtel en 1727, était l'un des maîtres en la matière. L'objet que convoite le président Delafoy est d'autant plus précieux que Berthoud, inventant un procédé mécanique pour déterminer les longitudes, se spécialisa surtout dans les horloges de marine. Ce fut également l'un des théoriciens de l'histoire de l'horlogerie. Il publia quelques traités qui firent autorité. Le Musée des Arts décoratifs possède l'une de ses pendules, aujourd'hui d'une grande rareté. En 2010, au cours d'une vente aux enchères, un cartel signé Ferdinand Berthoud fut adjugé aux alentours de 100 000 euros. Le président Delafoy, qui souhaitait « *l'échanger* », devra trouver un objet à la hauteur de ses ambitions à proposer en contrepartie.

« *L'ennui de ces vieilles demeures où nous avons joué enfants* »,
ce sont les termites, comme chacun sait, même si en l'occurrence les trous de termites qui font tomber le plâtre des
plafonds sont causés par des balles de revolver.

Le rez-de-chaussée est assez vaste pour accueillir un ou
deux salons, la salle à manger, où Fernand Naudin s'initie
à l'œuvre de Corelli, et une vaste entrée que Patricia transforme à l'occasion en boîte de nuit improvisée. Les chambres
sont à l'étage.

Celle de Patricia est meublée comme toutes les chambres
d'adolescentes des années 1960 ; la chambre d'amis qu'occupe
Fernand Naudin donne sur le parc. C'est bien pratique pour
jeter des bombes par la fenêtre. Elle est décorée de toiles de
Jouy et de quelques gravures anciennes.

Et puis il y a la cuisine. Nous la voyons trois fois, au
cours de scènes qui démontrent qu'elle se trouve au centre
de l'activité de la maisonnée.

Lorsque Fernand Naudin y met les pieds la première fois
et rencontre maître Folace, on peut en apprécier les dimen-
sions réelles et en découvrir les murs, le matériel électromé-
nager – dont une cuisinière électrique – et les rayonnages
que nous ne verrons plus par la suite.

Cette première visite, au cours de laquelle nous découvrons que la pièce ouvre vers l'extérieur par une petite fenêtre,
nous permet d'apprécier exactement ce que furent les difficultés du tournage de la célèbre scène de la cuisine. La place
dévolue à l'équipe technique se voyant réduite à l'espace entre
la grande table et la cuisine intégrée, dont on peut supposer
qu'elle avait été partiellement démontée à l'occasion.

Quant aux toilettes, Jean nous en indiquera le chemin. Il suffit de demander « *C'est où ?* »

 ## La maison Gaumont

Cette maison bourgeoise, qui constitue le décor principal de l'action, en fut également le lieu de tournage principal, les scènes d'intérieur y étant réellement tournées, et non en studio comme c'était l'usage. Le tournage à la « *maison de Malmaison* » était d'ailleurs l'une des conditions permettant la production du film dans le cadre d'un budget très serré.

Elle se situe dans un quartier huppé de la ville de Rueil-Malmaison, non loin de la fondation Cognacq-Jay, que l'on aperçoit en arrière-plan lors de l'arrivée de Fernand Naudin sur place. L'imposante bâtisse a été transformée depuis quelques années en maison de retraite de luxe par l'architecte Jean Nouvel.

Dans son livre de souvenirs *De clap en clap : Une vie de cinéma*, Jean-Claude Sussfeld raconte : « *La villa était une grande maison bourgeoise entourée d'un parc et située à Rueil-Malmaison, en région parisienne. Le propriétaire l'avait louée à la Gaumont qui l'utilisait comme un studio, repeignant et transformant les pièces en fonction des films. On la reconnaît dans* Les Barbouzes, Ne nous fâchons pas… » Selon Jean-Claude Sussfeld, une grande partie du tournage d'*Un idiot à Paris* de Serge Korber eut également lieu dans la maison.

Une vision attentive des *Tontons* permet de comprendre les difficultés du tournage en évaluant la taille des pièces. Nous voyons à deux reprises la cuisine avant la fameuse scène dont elle est le décor, ce qui permet d'estimer à moins de deux mètres le recul offert aux caméras pour filmer les comédiens tous rassemblés du même côté de la table.

La place est encore davantage comptée dans la salle de bain. Dans son commentaire du film, Georges Lautner affirme que la caméra se trouvait dans la cabine de douche lors du tournage de la scène de la première rencontre entre Fernand Naudin et Patricia.

S comme

Scène de la cuisine

La scène culte des *Tontons*

Audiard l'avait retirée du scénario, mais Georges Lautner l'exigea. Il voulait une scène de retrouvailles et de fraternisation entre ces truands appartenant tous au même monde. Il y voyait une référence au film *Key Largo* avec Humphrey Bogart et Edward G. Robinson. Par la suite, il raconta que, pour lui, cette scène aurait pu figurer dans un western de John Ford, le temps de donner quelque humanité à des personnages d'aventuriers.

Si c'est aujourd'hui une scène culte, cela tient à la qualité des dialogues (chacune des phrases ou presque est devenue un aphorisme ou une référence), au jeu des comédiens, tous au même niveau de talent (Ventura, Blier, Blanche, Lefebvre, Dalban), qu'on ne verra tous réunis que dans cette scène et sur les bancs de l'église de Charonne (et mis en valeur par la mise en scène de Georges Lautner).

Dans son livre de souvenirs *On aura tout vu*, Lautner raconte que la scène fut tournée dans la véritable cuisine de la maison de Rueil-Malmaison, où la quasi-totalité des *Tontons flingueurs* se déroule. La pièce mesurait deux mètres sur trois. Son étroitesse explique pourquoi tous les acteurs sont assis du même côté de la table…

Rien ne fut improvisé, sauf un petit détail : les acteurs, en guise de « brutal », buvaient un liquide teinté, du thé très clair.

Mais Francis Blanche avait préparé une petite surprise à Jean Lefebvre en remplissant son verre d'une mixture alcoolisée détonante, bien pire que le « vitriol » du mexicain. Lefebvre n'en laissa rien paraître, mais n'eut pas de problèmes pour avoir les larmes aux yeux.

La scène fut tournée en quatre jours, le vendredi 26 avril 1963 et le samedi 27, puis le lundi 29 avril et le mardi 30 avril 1963. Les scènes de surprise-partie furent tournées les jours suivants.

À y regarder de plus près, la scène de la cuisine est décomposée en huit séquences, neuf si on considère que l'arrivée de Fernand Naudin dans la maison en fait partie. Plusieurs parties de la scène se déroulent hors de la cuisine et constituent une ponctuation.

1/ L'arrivée de Naudin dans la cuisine

Elle se compose de cinq plans.

Naudin trouve maître Folace en train de tartiner. Il dépose l'argent sur la table.

2/ L'arrivée des Volfoni dans le hall

Première escapade hors de la cuisine. Les Volfoni, très énervés, traversent la masse des danseurs de twist.

3/ La grande scène du « bizarre »

Commence alors la partie centrale de la scène, découpée en une cinquantaine de gros plans et de plans moyens.

Les Volfoni arrivent, sortent leurs armes – ils ont la puissance de feu d'un croiseur – se font désarmer par Jean, s'assoient à la table de la cuisine.

Entrée de l'invitée saoule – « *Touche pas au grisbi, salope !* »

Les Tontons décident de s'en faire un petit, mais, comme les gosses ont piraté le tout-venant, il faut donc se risquer au « bizarre ».

Pendant toute cette scène, Lautner filme la plupart du temps ses comédiens en très gros plans, à moins qu'il ne compose des tableaux présentant deux ou trois personnages, Fernand et Raoul, les mêmes avec Folace.

4/ Retour dans le hall

Antoine demande Patricia en mariage.

5/ La scène de la cuisine, suite

Le temps a passé ; la première bouteille est vide. Le ton a changé. Les Tontons commencent à sentir les effets de l'alcool. Maître Folace s'emporte. La séquence comporte une douzaine de plans, généralement des plans moyens.

6/ Volfoni et la traite des blanches

Raoul, de retour des toilettes, propose à Patricia de l'engager pour une tournée au Moyen-Orient. Fine mouche, la jeune fille comprend qu'il s'agit de traite des blanches, ce dont s'offusque Antoine.

> *De quoi qu'on causait ?*
> *— De notre jeunesse.*

7/ Dernier retour à la cuisine

La scène s'achève en une dizaine de plans. La caméra accompagne Fernand Naudin lorsqu'il décide de s'occuper de « monsieur Antoine ».

8/ La fin de la surprise-partie.

Les Tontons chassent la jeunesse dorée ; ils sont ivres. La scène s'achève par le départ de Patricia et la question : « *De quoi qu'on causait ? — De notre jeunesse.* » L'ensemble dure une douzaine de minutes et se décompose en un peu plus de 70 plans, dont une bonne moitié de gros plans sur l'un ou l'autre des comédiens. Georges Lautner affirma que les gros plans étaient une manière de « *donner à voir le dialogue d'Audiard* ». En effet chaque réplique forte (et aujourd'hui culte) est soulignée par un gros plan sur le visage de la personne qui la profère.

Ce qui n'est pas le cas de toutes les répliques des films dialogués par Audiard. Bien souvent, des phrases considérées aujourd'hui comme de quasi-proverbes modernes y sont dites dans le feu de l'action par des acteurs qui n'en appuient pas les effets. Ainsi, Jean Gabin, dans *Le cave se rebiffe* se lève de table et prononce sa sentence : « *Si la connerie se mesurait, il servirait de mètre étalon…* » en quittant la canfouine de madame Pauline. De même, la célèbre phrase « *Deux intellectuels assis vont moins loin qu'une brute qui marche* » est prononcée dans le feu de l'action par Maurice Biraud en plein désert et en plan large.

Dans *Les Tontons*, chaque mot de la scène de la cuisine est souligné par un regard, « *Y en a aussi* », « *Y a de la pomme* », « *T'as connu* », « *Lulu la Nantaise* », « *Je serais pas étonné qu'on ferme* »… Tous ces bouts de phrase sont associés à un visage, celui de Blier, le regard perdu dans ses souvenirs, celui de Lefebvre, les larmes aux yeux après avoir consommé un alcool bien trop fort, celui de Dalban endormi… Sans oublier le regard fou de Francis Blanche lorsqu'il profère son terrible « *Touche pas au grisbi, salope !* »

T comme

Terminus des prétentieux

Le premier titre des *Tontons*

Raoul Volfoni, en installant une bombe dans la voiture de Fernand Naudin, s'excite et déclare : « *Il entendra chanter les anges, le gugusse de Montauban. Je vais le renvoyer tout droit à la maison mère, au terminus des prétentieux !* » Nous pouvons en déduire que le terminus des prétentieux est le cimetière où se retrouvent tous ceux qui se révélèrent un peu trop sûrs d'eux-mêmes.

Michel Audiard a publié en 1968 un roman intitulé *Le Terminus des prétentieux*. Il s'agissait de la réécriture de l'une de ses œuvres de jeunesse tombée dans l'oubli. C'était surtout le titre que Michel Audiard voulait donner au film. Ce qui ne plaisait guère à ses amis coauteurs. Par la suite, dans le film *Flic ou voyou*, Audiard réussit à placer son titre sur une affiche de cinéma, celui d'où sort Charlotte, la fille de Stanislas Borowitz (incarné par Jean-Paul Belmondo).

*Je vais le renvoyer tout droit
à la maison mère,
au terminus des prétentieux !*

U comme

« **U**n barbu c'est un barbu, trois barbus c'est des barbouzes »

Les successeurs des *Tontons*

À peine un an plus tard, l'équipe des *Tontons flingueurs* remettait ça. Après avoir déconstruit et malmené les codes du film noir, Lautner, Simonin et Audiard s'attaquent au film d'espionnage. Sorti sur les écrans le 10 décembre 1964, le film *Les Barbouzes* est lui aussi un festival de bons mots et de situations absurdes porté par des comédiens qui, pour la plupart, figuraient déjà au générique des *Tontons*.

Nous retrouvons Bernard Blier, interprétant « *Eusebio Caffarelli, dit le Chanoine, entomologiste et esprit distingué. Son mysticisme, à la fois très hostile au rationalisme de saint Thomas et à l'orthodoxie mécaniste de la scolastique, le pousse parfois à des actions brutales que sa conscience réprouve.* » Quant à Francis Blanche, il se glisse dans la peau de « *Boris Vassilieff, sujet très doué, surnommé dès son plus jeune âge*

"Trinitrotoluène", pianiste virtuose, pyrotechnicien confirmé, Boris est classé par ses supérieurs dans la catégorie des "esthètes turbulents". Charles Millot, qui interprète l'agent allemand Hans Müller, figurait déjà indirectement dans la distribution des *Tontons* en prêtant sa voix à Venantino Venantini, qui parlait français avec un fort accent italien.

Lino Ventura, l'agent Francis Lagneau, fut assez mal à l'aise durant le tournage de ce film, trouvant que son personnage ne correspondait pas au jeu « sérieux » dont il s'estimait capable.

Cependant, hormis la scène de fou rire dans le restaurant où il rencontre le « vieux », le chef des services secrets

interprété par Noël Roquevert, son jeu reste assez sobre et bien proche de son interprétation du Gorille ou du Fauve, ces autres membres des services secrets français qui l'avaient fait connaître.

C'est surtout l'occasion d'adjoindre à la bande des *Tontons* la comédienne Mireille Darc, qui fut l'une des actrices fétiches de Georges Lautner. On la retrouve dans *Les Bons Vivants*, dans *Des pissenlits par la racine*, *Ne nous fâchons pas*, *La Grande Sauterelle*, *Fleur d'oseille*, *Il était une fois un flic*, *Laisse aller... c'est une valse*, *La Valise*, *Les Seins de glace* et jusqu'à *La Vie dissolue de Gérard Floque*, qui fut d'ailleurs son dernier rôle au cinéma avant une seconde carrière d'actrice à la télévision et de réalisatrice de documentaires...

Le film s'inscrit dans une époque. À quelque temps de la fin de la guerre d'Algérie, le gouvernement gaulliste a consolidé ses services secrets pour lutter contre l'ennemi extérieur, mais aussi régler quelques affaires internes liées à l'OAS. Les personnages douteux qui composent ses services ont un surnom, les « barbouzes », une allusion aux « fausses barbes » derrière lesquelles ils dissimulent la nature de leurs agissements.

 ## Les Barbouzes

- Film réalisé par Georges Lautner
- Scénario d'Albert Simonin et dialogues de Michel Audiard
- Produit par la Société nouvelle des établissements Gaumont et Corona Films Production : Alain Poiré, Jean Mottet et Robert Sussfeld
- Réalisateur adjoint : Claude Vital
- Musique : Michel Magne
- Tourné en noir et blanc au château de Vigny, dans le Val-d'Oise.
- Box-office : 2 430 611 entrées

Avec :

- Lino Ventura (Francis Lagneau)
- Bernard Blier (Eusebio Cafarelli)
- Francis Blanche (Boris Vassilieff)
- Mireille Darc (Amaranthe)
- Charles Millot (Hans Müller)
- Jess Hahn (O'Brien)
- André Weber (Rossini)
- Violette Marceau (Rosalinde)
- Robert Dalban (le convoyeur)
- Noël Roquevert (le commandant Lanoix)
- Robert Jecq (Benard Shah)
- Et Philippe Castelli, Monique Mélinand, Michel Dupleix…
- Les rôles de Jacques Balutin et Hubert Deschamps furent coupés au montage.

V comme

les Volfoni

Les deux frères ennemis des *Tontons*

« *L es Volfoni ! Quand le lion est mort, les chacals se disputent l'empire. Enfin, on ne peut pas demander plus aux Volfoni qu'aux fils de Charlemagne.* » Maître Folace commet une petite erreur : ce sont surtout les petits-fils de Charlemagne qui s'entredéchirèrent. Il se trompe également sur les Volfoni. Ce sont de grands incompris, accusés de tous les crimes.

Les frères Volfoni sont sans doute les véritables héros des *Tontons flingueurs.* Ils sont deux, un gros et un maigre, comme dans le roman d'Albert Simonin dont est adapté le film. Les Volfoni sont des spécialistes, comme le rappelle Pascal en les décrivant à Fernand Naudin : « *J'admets qu'ils ont l'air de deux branques, mais je n'irais pas jusqu'à m'y fier, non ? C'est quand même des spécialistes. Le jeu, ils ont toujours été là-dedans, les Volfoni* brothers *: à Naples, à Las Vegas, partout où il y a des jetons à racler, ils tenaient les râteaux, hein ?* »

Nous ne savons rien de leur vie privée, en dehors de cette évocation de leur passé international. Nous découvrons seulement que l'un des deux frères, Raoul, a passé quelque temps en Indochine et qu'il fréquentait une maison accueillante aux volets rouges, située à Biên Hoa. Nous devinons également qu'ils doivent habiter sur leur lieu de travail, dans la péniche aménagée où se trouve leur salle de jeu.

Ce sont les Laurel et Hardy de la pègre. Laurel le maigre, Paul Volfoni, est discret et presque silencieux ; Hardy le gros, Raoul Volfoni, est bavard, emporté, excessif, mais pas forcément courageux.

Leurs affaires sont florissantes, nous en avons de multiples preuves, à commencer par les impressionnants tas de billets qui encombrent leur coffre. Mais nous avons des indications données par les Volfoni eux-mêmes qui estiment que la part que leur a ponctionné le Mexicain s'élève à 1 milliard en 15 ans ; autant dire qu'ils ont dû empocher eux aussi des sommes rondelettes.

Ce sont surtout les victimes de cette malheureuse aventure. Ils reçoivent des bourre-pifs par Fernand, se font tirer dessus par Théo et se retrouvent à la clinique Dugoineau (un nom burlesque que Lautner donnait parfois à des personnages secondaires de ses films). Et tout ça alors qu'ils n'ont commis aucun des crimes dont on les accuse, et dont Raoul essaie de se disculper : « *Il faut dire, monsieur Raoul, vous avez buté Henri, vous avez même buté les deux autres mecs ; vous avez peut-être aussi buté le Mexicain, puis aussi l'archiduc d'Autriche...* »

Nous avons déjà refait les comptes : les Volfoni n'ont tué personne.

Raoul

« *Tu m'connais, mousse et pampre...* » Pour se définir, Raoul n'hésite pas à emprunter une expression à l'œuvre de Céline. C'est un délicat.

C'est le gras du bide, le chauve, l'agité... C'est également le personnage central des *Tontons*, celui qui profère les répliques les plus célèbres. Lorsqu'il vient de recevoir un coup de poing durant la réunion de la péniche, il s'emporte :

> *Aux quat' coins d'Paris qu'on va l'retrouver éparpillé par petits bouts, façon puzzle.*

« *Mais y connaît pas Raoul, ce mec ! Y va avoir un réveil pénible. J'ai voulu être diplomate à cause de vous tous, éviter que le sang coule. Mais maintenant, c'est fini, je vais le travailler en férocité, le faire marcher à coups de lattes. À ma pogne, je veux le voir !* » Par la suite, lorsque Lino Ventura vient se venger de l'attentat contre sa camionnette – attentat dont les Volfoni ne sont évidemment pas responsables –, Raoul s'emporte à nouveau : « *Mais moi, les dingues, je les soigne. J'vais lui faire une ordonnance et une sévère... J'vais lui montrer qui c'est Raoul. Aux quat' coins d'Paris qu'on va l'retrouver éparpillé par petits bouts, façon puzzle. Moi, quand on m'en fait trop, j'correctionne plus : j'dynamite, j'disperse, j'ventile... »*

 ## Bernard Blier

Né à Buenos Aires le 11 janvier 1916, décédé à Saint-Cloud le 29 mars 1989.

Dans sa biographie de Bernard Blier intitulée *Un homme façon puzzle* – une référence directe aux *Tontons* –, l'écrivain Jean-Philippe Guerand rapportait des propos tenus par Blier concernant Audiard : « *Il me piquait des répliques. Dans* Les Tontons flingueurs, *la moitié des dialogues [...] ont été improvisés. Michel était un merveilleux voleur.* » Cette version des faits n'a pas complètement été corroborée, mais il est vrai que Michel Audiard affirma souvent qu'il ne se gênait pas pour puiser dans le vocabulaire – très riche – de ses acteurs fétiches.

Plus étonnante est cette révélation : durant le tournage des *Tontons flingueurs*, l'un de ses rôles les plus extravagants et drôles, Bernard Blier était au plus bas, moralement, dans sa vie familiale. Blier est séparé de sa femme Giselle et souhaiterait divorcer pour vivre avec Annette, sa nouvelle compagne. Mais l'épouse refuse le divorce ; le drame couve précisément durant ces années-là. L'acteur a quitté le domicile conjugal pour s'installer avec sa nouvelle conquête dans un petit duplex rue Spontini. Bernard Blier a rencontré Annette en 1960 et ne pourra l'épouser qu'en 1965.

Bernard Blier fut l'un des fidèles acteurs de Georges Lautner. On le retrouve dans :

- *Arrêtez les tambours* en 1960 ;
- *Le Septième Juré* en 1961 ;
- *Le Monocle noir* en 1961 ;
- *Les Tontons flingueurs* en 1963 ;
- *Les Barbouzes* en 1964 ;
- *Laisse aller, c'est une valse* en 1971.

Il tourna également dans la plupart des films mis en scène par Michel Audiard. On le retrouve en particulier dans *Faut pas prendre les enfants du bon Dieu pour des canards sauvages*, où il met tout en œuvre pour tenter d'assassiner tante Léontine. Il avait pour cela tout un programme : « *Bref, je récapitule dans le calme. On la débusque, on la passe à l'acide, on la découpe au laser, on la dissout et on balance ce qui reste dans le lac Daumesnil.* »

Paul

Le petit frère Volfoni n'est pas plus poli que Raoul à l'égard de Fernand Naudin. Il le met immédiatement en garde : « *Écoute : on te connaît pas. Mais laisse-nous te dire que tu te prépares des nuits blanches, des migraines, des nervousses brékdones, comme on dit de nos jours.* » Par la suite, son rôle se limite à faire des comptes, fermer la porte du coffre et se demander quelle est la composition du « brutal » du Mexicain.

Jean Lefebvre

Né le 3 octobre 1919 à Valenciennes, décédé à Marrakech le 9 juillet 2004. Il l'ignorait sans doute, mais, durant les années 1960, Jean Lefebvre était en train de vivre, à l'époque des *Tontons*, l'un des sommets de sa longue carrière.

Il avait débuté comme chanteur d'opéra et artiste de cabaret. Il fit partie de l'incroyable troupe des Branquignols, qui réussissait à fédérer tous les jeunes comiques les plus talentueux. Au cinéma, il débuta en 1933, dans le rôle du fils de Judex… Après la guerre, on l'aperçoit dans des dizaines de figurations ou de petits rôles : il est chauffeur de car avec Jean Gabin dans *Gas-oil*, pompiste dans *Les Diaboliques* d'Henri-Georges Clouzot, zouave du pont de l'Alma dans *Nous autres à Champignol* de Jean Bastia…

Il faut attendre le début des années 1960 pour le voir enfin réellement à l'écran dans des petits rôles marquants, comme le comptable de *La Belle Américaine* ou Charly, le complice de Jean Gabin dans *Le Gentleman d'Epsom*.

Paul Volfoni est l'un de ses premiers grands rôles. Quelques mois plus tard, il va se trouver engagé dans la troupe de Louis de Funès et la brigade de gendarmerie de Saint-Tropez, puis il sera Michalon le pleurnichard dans *Ne nous fâchons pas* ou Goubi dans *Un idiot à Paris*, ses meilleurs rôles…

Viendront ensuite les trois aventures de la septième compagnie, et quelques dizaines de rôles de moindre importance. Georges Lautner fit de nouveau appel à lui dans *Quelques messieurs trop tranquilles*, *La Valise* ou *Pas de problème !*, jusqu'à *Ils sont fous ces sorciers*, ce qui n'était pas le meilleur film de ce tandem admirable composé d'un comédien lunaire et d'un réalisateur inventif.

 Bastien

Les Volfoni ont un garde du corps, Bastien, première gâchette, « *cinq ans de labeur, de nuit comme de jour, et sans un accroc* ». C'est le cousin de Pascal puisque « *Bastien, c'est le fils de la sœur de mon père, comme qui dirait, un cousin direct, vous saisissez la complication, monsieur Fernand ?* » Nous savons, d'après une remarque de son cousin Pascal, qu'il a sans doute combattu dans le maquis… ou que du moins il en a conservé les méthodes de combat.

Mac Ronay

Germain Sauvard, né en 1913, décédé en 2004, mena une étonnante carrière de magicien comique. Il faisait semblant de rater tous ses tours et, parfois, d'arriver ivre mort sur scène… C'était hilarant, comme permettent de le découvrir les souvenirs de ses passages à la télévision. Au cinéma, il apparaît également dans *L'Aile ou la cuisse*, où il interprète un sommelier éméché.

 ## Les autres Volfoni

Deux autres Volfoni apparaissent dans les œuvres complètes de Michel Audiard et Georges Lautner. Dans *Flic ou voyou*, Achille Volfoni est interprété par Claude Brosset. C'est un voyou d'origine corse. En revanche, Salvatore Volfoni, interprété par Pierre Vernier, est un modeste et honnête fabricant d'eau gazeuse dans *Le Professionnel*.

W comme

Orson Welles

Le modèle du réalisateur des *Tontons*

À force de porter aux nues les dialogues des *Tontons flingueurs*, on pourrait finir par oublier qu'il s'agit d'un film dont les qualités esthétiques sont largement aussi importantes. Georges Lautner, ayant justement le souci de donner à voir son dialogue étincelant, choisit pour cela de tourner une grande partie du film en gros plans, en plans moyens, et parfois en combinant différentes profondeurs de champ en un seul plan comme dans la scène du bowling après la mort du Mexicain. Georges Lautner affirmait : « *Le gros plan donne un choix de montage énorme* », à la différence des plans-séquences qui étaient à la mode au cinéma en ce début des années 1960.

Les Tontons flingueurs a un modèle esthétique, un modèle inattendu : les films d'Orson Welles. C'est en tout cas la principale référence que Georges Lautner met en avant lorsqu'il évoque son travail. Dans le commentaire du DVD par le réalisateur et Venantino Venantini, leur intervieweur Jean-Pierre Dionnet se déclara étonné par l'usage de cadrages propres à l'univers des polars américains de série B et justement à Orson Welles, qui lui aussi utilisait des objectifs de courte focale.

Des références directes à l'univers de Welles apparaissent ici et là, telle l'utilisation de la cage d'escalier comme cadre aux ruptures entre les adultes et Patricia, qui esthétiquement rappelle quelques scènes de *La Splendeur des Amberson*. L'usage régulier des gros plans, la façon de filmer la maison peuvent être rapprochés de *Citizen Kane*, mais ce serait pousser le bouchon un peu loin…, même si la manie de Lautner de « filmer les plafonds » peut aussi rappeler le même goût présent chez Welles dans *La Splendeur des Amberson* et *La Soif du mal*.

Georges Lautner rendit également hommage aux bouleversements que venait apporter la Nouvelle Vague en tournant avec des caméras légères et en décors naturels. *Les Tontons flingueurs* appartiennent à leur époque, entre deux genres de cinéma : populaire et expérimental.

Il n'en reste pas moins que le tournage des *Tontons flingueurs* fut aussi une grande aventure technique. Contraint par des décors étriqués ou immenses, et animé par son désir de filmer les acteurs au plus près, Lautner poussa ses techniciens, en particulier son opérateur Maurice Fellous, à pratiquement inventer du matériel nouveau, comme cette lentille à « double foyer » qui permettait d'avoir nets à l'écran un personnage au premier plan et d'autres dans le lointain, ce qui se révéla particulièrement efficace pour les scènes du bowling.

C'était le premier film que Georges Lautner tournait avec Maurice Fellous et son frère Roger. Cette collaboration se poursuivit ensuite jusqu'à *Mort d'un pourri*.

X comme

classé X

La prostitution, source de revenus des Tontons

Les Tontons flingueurs est quasi un film sans femme… Nous n'en apercevons que deux : une toute jeune fille, bien pressée de se marier pour son âge, et une dame d'âge mûr, madame Mado.

Nous comprenons vite que le Mexicain ne se contentait pas de percevoir les gains provenant de salles de jeu ou de la vente d'alcools imbuvables, mais avait aussi une petite entreprise de prostitution.

Rappelons que nous sommes en 1963. Depuis la loi Marthe Richard, les maisons closes sont fermées – pour reprendre le pléonasme dénoncé par Arletty – depuis 1946. Cette fermeture a fait beaucoup de mal aux hommes du milieu, dont c'était l'une des principales ressources. Tout un petit monde a disparu. C'est d'ailleurs le sujet de quelques scènes cultes des « films d'Audiard ». Qu'on se souvienne de Charles Lepicard (Bernard Blier) contraint d'entretenir une maison de 17 chambres, dont quelques joyaux : japonais, montagnard ou à miroirs. Le héros du *Cave se rebiffe* ne s'en remettra jamais. Qu'on se souvienne d'un autre monsieur Charles (Bernard Blier, toujours), patron d'une maison, le 221, en train de fermer ses portes et d'ouvrir ses volets au début du film à sketchs *Les Bons Vivants*. Son épouse, madame Blanche, est d'ailleurs interprétée par Dominique Davray.

La « fermeture » est presque un sujet à part entière dans l'univers du cinéma d'Audiard. Mais, visiblement, l'activité prostitutionnelle ne s'est pas arrêtée pour autant…

 ## Madame Mado

Une bonne pensionnaire, ça devient plus rare qu'une femme de ménage. Ces dames s'exportent, le mirage africain nous fait un tort terrible.

Vraisemblablement une ancienne prostituée elle-même, elle est à la tête soit d'un « clandé », ces maisons closes qui continuèrent à fonctionner clandestinement après 1946, soit d'un petit réseau de prostituées qu'elle « protège » pour le compte du Mexicain, dont elle est l'employée.

Madame Mado développe une thématique que d'autres personnages de l'univers d'Audiard ont eu l'occasion d'évoquer, comme la jeune Lafleur, la prostituée amoureuse de la nature dans *Un idiot à Paris* : les clients des années 1960 ne sont plus aussi nombreux et attentifs que ceux des décennies précédentes. Nous en connaissons la raison, mais laissons tout de même madame Mado nous le raconter à nouveau. « *Les explications, monsieur Fernand, y en a deux : récession et manque de main-d'œuvre.* » Elle déplore la disparition du furtif : « *Le client qui vient en voisin : bonjour, mesdemoiselles, au revoir, madame. Au lieu de descendre maintenant après le dîner, il reste devant sa télé, pour voir si par hasard il serait pas un peu l'homme du XXe siècle. Et l'affectueux du dimanche : disparu aussi…* [à cause de l'auto]. » Quant au personnel, les prostituées elles-mêmes sont difficiles à recruter : « *Une bonne pensionnaire, ça devient plus rare qu'une femme de ménage. Ces dames s'exportent, le mirage africain nous fait un tort terrible ; et si ça continue, elles iront à Tombouctou à la nage.* »

Le texte est d'ailleurs assez daté, car *Les Tontons flingueurs* est sorti en 1963, après les guerres ou les déclarations d'indépendance, et fait état d'une situation qui correspondrait plutôt à une forme de « mirage colonial ».

Dominique Davray

Marie Louise Gourmay, née le 27 janvier 1919 à Paris, décédée le 16 août 1998.

Dominique Davray fut l'un des grands seconds rôles féminins du cinéma populaire français des années 1960. Sa « grande scène » la présente en patronne de maison close, madame Mado, décrivant, dans *Les Tontons flingueurs*, le nouveau comportement des clients de prostituées depuis l'avènement de la télévision et de l'automobile. Nous la retrouverons dans le même emploi dans *Les Bons Vivants*. Dans *Les Grandes Vacances*, madame Rose dirige un petit bar

normand. Elle incarne l'épouse de Louis de Funès – Suzanne Mézeray – dans *Le Tatoué* avant d'apparaître deux fois dans la série des *Gendarmes*, en professeur de danse dans *Le gendarme se marie*, puis dans le rôle de cette religieuse un peu dodue et paranoïaque qui pense que l'expression « elle est forte, celle-là ! » lui est adressée.

Suzanne Beau Sourire, madame Reine et Lulu la Nantaise

Trois personnages bien connus des amateurs des *Tontons flingueurs* appartiennent aussi à l'univers de la prostitution.

Malheureusement, nous ne les verrons jamais à l'écran et c'est bien dommage. De Suzanne Beau Sourire, la mère de Patricia, nous savons qu'elle a été élevée dans la zone et qu'à 16 ans elle était « *sujet-vedette chez madame Reine* ». Un calcul rapide et une estimation de ce que devait être son âge au moment de la naissance de Patricia situent l'événement durant l'Occupation. Les bordels parisiens étaient alors sous étroite surveillance, et certains d'entre eux étaient réservés à l'occupant.

Cette madame Reine était sans doute la sous-maîtresse d'une maison close. La loi voulait que les patrons de maison en titre soient toujours des femmes, même si l'établissement appartenait à un homme.

Lulu la Nantaise est une femme d'une autre trempe, certainement une aventurière, capable d'aller ouvrir un bordel à Biên Hoa, pas bien loin de Saigon. Nous en avons

une vague description de la part de Raoul Volfoni : c'était
« *une blonde comac* ».

 Traite des blanches

Raoul Volfoni, ivre mort il est vrai, propose à Patricia « *une carrière internationale, des voyages, ouais, l'Égypte,
par exemple, c'est pas commun, ça, l'Égypte ! C'qui a d'bien,
c'est qu'là-bas, l'artiste est toujours gâté* ». Patricia, assez fine
mouche, devine immédiatement qu'il s'agit de traite des
blanches, cette pratique consistant à circonvenir ou à kidnap-
per des jeunes femmes européennes pour les envoyer dans
des bordels orientaux dans nos colonies.

C'est une nouvelle fois une allusion à une pratique déjà
datée, antérieure à la décolonisation. Par ailleurs, durant les
années 1950, la traite des blanches – très violente – concer-
nait davantage des destinations en Amérique latine, loin de
l'influence coloniale française. La police des colonies restant
la police française, il valait mieux s'en tenir éloigné…

Notons, pour casser l'ambiance, qu'il existe aujourd'hui
des faits avérés de traite des blanches au Japon ou en Israël,
et que certaines filles des trottoirs parisiens n'ont pas été
mieux traitées que les femmes kidnappées dans les années
1950 pour partir « *en tournée en Égypte* ».

Y comme

« Y en a qui gaspillent... »

L'argent des Tontons

L'argent change assez vite de main dans *Les Tontons Flingueurs*, et surtout il constitue un sujet de conversation permanent, entre gangsters qui ne travaillent pas pour le plaisir du geste. Rappelons juste un petit calcul évoqué par Raoul Volfoni :

> *« Vous savez combien il nous a coûté, le Mexicain, en 15 ans ? Vous savez combien qu'il nous a coûté ?? Ho ! dis-leur, Paul, moi j'peux plus. — À 500 sacs par mois, rien que de loyer, ça fait 6 briques par an : 90 briques en 15 ans. — Plus 30 briques de moyenne par an sur le flambe. Vous savez à combien on arrive ? Un demi-milliard ! »*

Certes, il s'agit d'anciens francs, mais ce sont de belles sommes. *Les Tontons flingueurs* n'est pas un film à la gloire de la bonne gestion d'une petite entreprise familiale. Nous avons différentes preuves de ses difficultés. Il y a d'abord des problèmes de recouvrement. Maître Folace ne parle que « *d'ar-*

gent qui ne rentre pas. Depuis deux mois, les Volfoni n'ont pas versé les redevances de la péniche. Tomate a plus d'un mois de retard, et Théo, etc. » Cette constatation va entraîner Fernand Naudin à la péniche pour remettre un peu d'ordre dans tout ça.

Mais il y a aussi les dépenses. Patricia est un incroyable panier percé : champagne, whisky, foie gras d'Alsace… Quelques semaines plus tard, maître Folace constate qu'il ne reste plus que « *six briques* » au compte courant. « *Y a que l'argent qui devait rentrer sous huitaine n'est toujours pas rentré. Y a que l'éducation de la princesse, cheval, musique, peinture, etc., atteint un budget élyséen… »*

Chez les Tontons, on dépense énormément et on ne gagne presque rien, sauf lorsque Fernand Naudin se fâche et va chercher lui-même l'argent qu'on lui doit dans le coffre des Volfoni. À maître Folace, qui se plaignait que la petite soirée de Patricia allait coûter 2000 francs, Fernand répond en jetant la serviette pleine de billets sur la table : « *Y en a qui gaspillent, et y en a d'autres qui collectent… Hein ? Qu'est-ce que vous dites de ça. »*

Et que dire à quelqu'un qui en veut à votre argent ? « *Touche pas au grisbi, salope ! »*

Z comme

série Z

Le cinéma policier comique après *Les Tontons*

*L*es Tontons flingueurs* portent une lourde responsabi-
lité : ils ont installé un genre cinématographique – le
film policier parodique ! Ils en constituent un modèle, la
référence, et même le vivier de comédiens dans lesquels des
réalisateurs moins talentueux que Georges Lautner allaient
puiser. La reconstitution du tandem Blier/Lefebvre en duo
de gangsters calamiteux est l'une des caractéristiques de
cette volonté d'exploitation du filon *Tontons*. Citons deux
exemples :

Du mou dans la gâchette
de Louis Grospierre (1967)

Nicolas Pappas (Bernard Blier) et Léon Dubois (Jean
Lefebvre) sont deux gangsters chargés de petites besognes
de gardes du corps qui les entraînent dans des situations

de plus en plus dangereuses. Mais une série de hasards fait croire qu'ils sont de véritables durs.

Blier et Lefebvre partagent la vedette avec Francis Blanche, qui interprète un gangster surnommé « la Prudence ».

Le réalisateur a visiblement essayé de reconstituer le tandem des *Tontons*, les deux associés ayant les mêmes rapports que les frères Volfoni.

C'est pas parce qu'on a rien à dire qu'il faut fermer sa gueule de Jacques Besnard (1975)

Fanot (Bernard Blier) et Riton (Jean Lefebvre), associés à Max (Michel Serrault) tentent le hold-up du siècle. Il s'agit de voler le contenu du coffre-fort de la caisse de retraite de la gare de l'Est en perçant un mur. Pour cela, il faut s'installer toute la journée dans une cabine de WC et creuser discrètement. Mais comment faire pour échapper à la vigilance de la dame pipi ? Se déguiser.

Aussi verrons-nous Blier, Lefebvre et Serrault aller uriner en costume de plombier, de contrôleur SNCF, de pêcheur, d'Anglais, de commandant de l'aéropostale, de hippie, de facteur, d'artiste, d'Écossais, de Bavarois, de vacancier ou de moine... Ici encore, Blier volfonise, imposant son autorité à Jean Lefebvre.

Les Tontons, en revanche, n'eurent guère de réels imitateurs, sinon, bien longtemps plus tard, en mars 2008, *J'ai toujours rêvé d'être un gangster* de Samuel Benchetrit.

Le film, tourné dans le décor unique d'un restaurant perdu dans une zone commerciale, enchaîne les petites histoires indépendantes les unes des autres, ayant parfois des personnages en commun. L'une d'entre elles présente une belle brochette de « tontons », des truands retraités interprétés par Jean Rochefort, Laurent Terzieff, Roger Dimas et Venantino Venantini...

Enfin...

En 2000, le cinéaste Alain Payet tourna un film mettant en scène de jeunes actrices du cinéma X aux prises avec des vétérans du cinéma pornographique des années 1980 : Alban Ceray, Roberto Malone et Richard Allan (dit Queue de béton). Son titre ? *Les Tontons tringleurs...*

Postface

Que faire avec un ami ou un membre de sa famille qui serait décidément rétif aux charmes et à l'humour des *Tontons flingueurs* ? Négocier, car, « *au fond maintenant, les diplomates prendraient plutôt le pas sur les hommes d'action. L'époque serait aux tables rondes et à la détente. Hein ?* »

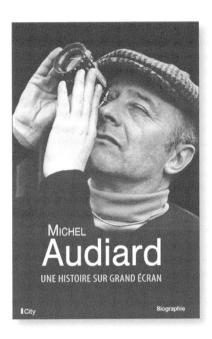

Michel Audiard,
une histoire sur grand écran

Sandro Cassati

Irrévérencieux, fulgurant, spirituel, hilarant, politiquement incorrect, provocateur, inégalable voici Michel Audiard !

Un nom évocateur de dizaines d'images, de centaines de mots inoubliables prononcés par les plus grands, de Gabin à Ventura, de Blier à Belmondo, de Girardot à Serrault. Avec une centaine de films, Michel Audiard est le dialoguiste culte du grand écran, incarnant à lui seul le septième art français. C'est une époque, un esprit de la France de l'après-guerre, et c'est une langue. Tellement savoureuse.

Ce livre est une biographie en même temps qu'une véritable encyclopédie de l'œuvre d'Audiard. On y retrouve toute sa gouaille, les plus grands acteurs qu'il a mis en valeur et, évidemment, les répliques cultes. Pour notre plus grand bonheur !

**Toute la vie et l'œuvre de Michel Audiard,
génie du cinéma français.**

ISBN : 978-2-8246-0623-1

www.city-editions.com